ORIGINALSONG mik

RABBIT
TARGET MARK
MONSTER
MUTSUKI & MARON VS STUFFED ANIMALS

ROKI
THE CURSED SONG

itoP AUTH ai So

uya ILLUSTRATION GAS

ORIGINALSONG mikitoP AUTHOR Mukai Souya ILLUSTRATION GAS
THE RHYTHM GAME
2023 MIKITO P
25 JULY
952514-47817-1 0

ロキ3
THE CURSED SONG

総夜ムカイ
原作・監修：みきとP

口絵・本文イラスト●GAS

MUKAI SOUYA & mikitoP & GAS PRESENTS

第一章 スプライツ

彼が俺に向けているものは、本当に敵意なのだろうか？

俺——小鳥遊(たかなし)六樹(むつき)は、自分に突き付けられた銃口が持つ意味を、測りかねていた。

彼——響(ひびき)翔也(しょうや)は、共にバンドメンバーとして、ロックビートを掻(か)き鳴らして来た仲間である。その戦友であるはずのドラマーが、俺に牙を剥(む)いたのだ。

「翔也、何でこんなことをするんだよ？」

翔也は俺を見据えたまま、答えようとしない。

新たな『ロキ』の呪いは、『ロキ』のサムネイルの世界に魂を転移させられるというものだった。リアルでは今頃、この世界から転移したぬいぐるみたちが、抜け殻となった俺たちの体を使って、手あたり次第に、学校にいる人間をぬいぐるみに変えてやがる。

早いところけりを付けないと、被害は学校だけに留(とど)まらなくなってしまうだろう。

それなのに、クラスメイトである俺たちは、悪意の白雪(しらゆき)舞輪(まろん)の策略によって、ハロウィンの仮装をしてお互いを撃ち合う、『ハロウィンバレット』なんてデスゲームをプレイさせられている。

体の好きな部位にターゲットマークを刻印し、その的を撃ち抜かれたらぬいぐるみにされ、他人に知られたくない秘密を勝手に暴露されるっていう、非情なゲームなんだ。

俺を含めた合計七名のプレイヤーは、このゲームの首謀者である悪意の白雪舞輪によって、それぞれこの敷地のどこかに転移させられた。

俺が飛ばされたのは、子供部屋のようだった。

そして、俺は、部屋の前で待ち伏せをしていた、クラスメイトの岩崎夏鈴(いわさきかりん)に奇襲されそうになっていたところを、目の前の響翔也に助けてもらったと思っていたのだが。

行き止まりの通路に体を押し込まれ、銃を向けられたってわけだ。

周囲の壁には、不気味に据えられた蝋燭(ろうそく)の火が揺れる。

そんな奇怪な空間の中で俺たちは、ドラキュラと死神の風貌で向かい合う。まるで、ホラー映画の中に迷い込んでしまった気分だぜ。

突然こんな謎めいた動画のサムネイルの世界に転移させられて、みんな気を病んでいる。

この世界では、もう誰のことも信用してはいけないのだろうか……。

「秘密を知られたくないからか？」

俺が問い掛けると、翔也が嘆息する。そして、俺の顔から視線を外した。

「俺にも言えない秘密があるのかよ？」

翔也が、苦しげに言葉を絞り出す。

「じゃあ、六樹は……今ここで、自分の秘密をオレに教えられるのかよ？」

「それは……」

俺がこの『ロキ』のサムネイルの世界にやってくるために、心に浮かべたパスコード。

つまり俺の秘密は……。

「ほら、お前だって言えないんだろ？　なら、同罪だよ」

「ああ、悪かった。秘密なんて、他人にベラベラ喋るもんじゃないよな」

どうしてだろうか。翔也の気持ちが、どんどん俺から離れていっている気がしてくる。

お互いに、自分の感情を見せないように、心に暗幕を下ろす。

いつもは目を合わせずとも、面白いように揃う俺たちのリズム。それが今はどうだ。頑なに翔也は、自分の手の内を明かすことを拒んでいる。

気持ちの擦れ違った今の俺たちでは、息の合ったビートなんて刻めないだろう。

翔也を助けるために危険を顧みず、こんな意味不明の世界に飛び込んだはずなのに。

どうして俺は、こいつと敵対しなきゃならねえんだよ？

これは、悪意が用意した残酷なゲーム。あいつの手の平の上で、俺たちは転がされている。だったら、悪意の思い通りにさせないよう、ちゃんと翔也と対話しないといけないだろ。

「でも、翔也！　今は、仲間割れしている場合じゃないんだ！　呪いを解くために、協力しようぜ？」

「そう言って、自分だけ生き残る気か？」

「おい、どうしちまったんだよ、翔也？　お前はそんな嫌味を言う奴じゃないだろ！」

「お前だって、岩崎さんの罰ゲームを目の前で見ただろ？　あんな映像が、晒されるんだぞ？　怖くないのかよ」

「まさか翔也も、彼女みたいに酷いことやっていたのか？」

「馬鹿にするな！　オレの秘密は、もっと繊細だ！」

　翔也の銃を握る指に、力がこもる。

「ワガママを言わせてもらえるんだったら、俺は生き残りたい。じゃなきゃ、何のために秘密にしたのか分からなくなってしまう気持ちがあるんだよ……」

「翔也、お前は何を抱えているんだよ？」

　翔也の心の中には、誰にも言えなかった葛藤があるようだった。

　親友と言ったって、お互いの過去を全て共有しているわけではない。たとえばネットサイトにログインするみたいに、翔也の過去の履歴を全て辿れるようになっていれば、楽勝なんだろうが。生憎俺たち人間に、そんな便利な機能は付与されていない。

が、その時、俺は翔也の背後に近づく人影に気付いた。

「翔也！　後ろに誰かいる！」

　俺の声を聞いて、翔也が身を反転させた。

「くそ、岩崎さんか」

俺たちの前に、魔法少女のコスプレをした女の子が現れた。

「私の話をしてくださっていたようですね」

見るからに岩崎さんは、ふてくされていた。不機嫌そうに、俺たちを睨みつける。

「立ち聞きしていたのかよ」

俺が訊くと、岩崎さんは、頬を緩めた。

「ふふふ。秘密を晒された哀れな私へのディスりは、さぞ痛快だったことでしょう」

岩崎さんは、片腕をすっと上げ、俺たちの胸に銃口を向ける。

「私をコケにする輩は、殲滅なのです！」

彼女は、迷わず引き金を引いた。

「くわっ！」

あたかも波紋のように空間が割れ、放たれた銃弾が翔也の胸にめり込んでいく。

「ちくしょう。魂だって言うのに、ちゃんと痛みはあるんだな」

顔をしかめた翔也は、魔法少女をねめつける。どうやら魂の俺たちの体は銃で撃たれても、現実みたいに血しぶきが上がったりすることはないようだ。

「残念だったな。そこはハズレだよ」

翔也が刻印した的は、胸ではなかったようだ。

「ちっ。的を外したようですね。ですが、悪役には早々にご退出いただきたいのです」

「おいおい、自分は正義の味方だって言いたげだな？　岩崎さんがやってることは、世直しなんかじゃない。ただの、八つ当たりだぜ」

するとと、岩崎さんが、癇癪を起こした。その場で地団太を踏むと、

「知った口を利くんじゃないのです！　陽キャのあなたに、陰キャの苦しみが理解できるのですかぁ！」

と、叫びながら、猛然と突っ込んでくる。

「くそっ、何だって言うんだよ」

突進してきた魔法少女を、翔也が受け止める。しかし、すぐに彼女は女の子とは思えない力で、翔也を押し倒した。今の岩崎さんは、まるで呪われた信者のように、見境を失くしているとしか思えない。

「やめろ、この！」

翔也が腕を伸ばして、岩崎さんの顎を突っ張り上げる。

「私だって、教室でずっと本を読んでいるだけの毎日なんて、うんざりなのです！」

「だったら、他人のせいにしてないで、自分を変える努力をしろ！」

「うるさい、何様なのですか！　世の中には、簡単に変われない人間だっているのですよ！」

岩崎さんは、翔也に馬乗りになり拳を振るう。

「世直しなのです！　私は悪くない！　私を受け入れない、みんなが悪いのです！」

岩崎さんの主張は自己中心的過ぎた。だから俺は、翔也の方に加勢する。

「自分の不甲斐なさを棚に上げて、他人に責任転嫁してんじゃねえぞ！」

俺は岩崎さんの額に、銃弾を撃ち放った。弾丸の威力に押し負け、彼女の体は大きく仰け反った。その一瞬の隙を見て翔也が、

「この野郎！」

力一杯に、魔法少女の襟を掴んで、横にぶん投げた。

岩崎さんは廊下の側壁に背中を打ち付け、呻き声を上げる。

彼女の持っていた銃が、床に転がった。

翔也は、ゆっくりと立ち上がる。

「秘密を晒されて、自暴自棄になってるんじゃないのか？」

魔法少女はうずくまって、何やら呟いている。

「生まれて初めて自分にできた居場所だったのです……」

俺は訊き返す。

「どこがお前の居場所だったって言うんだよ？」

彼女は勢いよく顔を上げ、ヒステリックな目つきで俺を見つめる。

「私は配信者として、上手くやれていたはずなのです。やっとそこで自分の理解者たちを見つけられた。その必死に掴んだ特等席を、死んだ女のために、手放さないといけないのですか！」

　岩崎さんの吐き捨てた台詞に、俺の中の何かが瓦解した。

「おい？　今なんつった？　死んだ女だと？」

　頭に血が上って、我を忘れてしまいそうだ。

　俺を馬鹿にされるのは構わない。だが、彼女を馬鹿にされることは許せなかった。

「彼女は、生きたかったんだぞ？　だから、あんなやつれた姿になってまで歌ったんだ」

「知らないのです！　もう居ない女に、私の人生を引っ掻き回されたくないのですよ！」

　気付けば俺は銃を床に放って、力任せに岩崎さんの服を掴み、背中を壁に打ち付けていた。

「それ以上、庄條舞輪を馬鹿にするな！　本当に死にたい人間なんかいるかよ！　彼女が何でこの世界に『ロキ』を残したと思ってるんだ！」

　だが、岩崎さんは、小馬鹿にした感じで、ヘラヘラと口を動かした。

「『ロキ』？　ああ、あの糞曲の話ですか？」

　岩崎さんは、俺を挑発する。

「てめえ！」

俺は拳を振り上げた。その後ろで、翔也が叫ぶ。

「六樹！　少し冷静になれ！」

振り下ろした俺の拳は、岩崎さんに手の平で受け止められてしまった。

「まったく注意が足りないのです。私の武器が一つだと思いましたか？」

彼女は背中に何かを隠し持っているようだった。

怒りのあまり、不用意に彼女の間合いに入り過ぎた。

彼女が手に取ったのは、魔法ステッキだった。それは暗がりの中で、真上の蝋燭の灯を怪しく反射させる。

先端が刃物になっているのかよ？　俺はその鋭利なステッキで、腹を掻っ捌かれた。

腹を押さえて、俺は後ろに跳び退る。猛烈にやってくる痛みが、俺の思考を鈍らせる。

「刃物だと……こんなもん、反則じゃねえのか？」

ステッキの切れ味は鋭かったが、傷から血が噴き出すことはなかった。

それにしても、岩崎は何で武器を二つも所有しているんだ？

「さあ？　私が頼んだわけではありませんよ？」

「じゃあ、端っからお前には、二つの武器が配付されていたってわけかよ？」

「そうなのです。ふふん、私がこのゲームに、見初められたということですかね？」

「悪意の野郎、えこ贔屓しやがって……」

そんなやり取りをしていると、俺の傷口に異変が起こる。

「あれ？　傷が塞がっていくぞ？」

どうなることかと思ったが、傷は閉じて、次第に痛みも和らいでいった。

「まあ、今の私たちは、魂と等しい存在ですからね。物理攻撃の痛みは、瞬時に回復するようですよ」

「それでも痛みがあるのは、あいつの嫌がらせだろうな」

わざと悪意の白雪舞輪（しらゆきまろん）が、俺たちに痛覚を残したのだろう。俺が不満を垂れていると、魔法少女は立ち上がった。

「さあ、的はどこですかね？　観念して教えるのです！」

魔法少女の逆襲が始まった。岩崎さんは俺に駆け寄り、髪の毛を引（ひ）っ掴（つか）んできた。そして、その手に握るステッキをちらつかせてくる。

迂闊（うかつ）だった。殺し合いなんて初めてだ。それどころか、俺はまともに喧嘩（けんか）さえしたことのない人間だ。さっき腹に食らった痛みを思い出すと、途端に足が震えてきた。

だが、やり合う俺たちに、死神が駆け寄ってくるのが見えた。

「六樹を放せ！」

翔也が、岩崎さんの手に銃を放つ。すると、ステッキが宙に吹っ飛んだ。

「これは、油断したのです」

ステッキは床でバウンドする。

解放された俺は、すかさず床から自分の銃を拾い上げ、翔也の隣に逃げ込んだ。

魔法少女は銃弾の当たった手をさすりながら、不服そうにしている。

「どうして、こいつの味方をするのですか？　ライバルが一人減るのですよ？」

翔也は、鼻を鳴らした。

「決まってらぁ。六樹がオレ以外にやられるのは、嫌だからだよ」

「翔也……」

俺たちスプライツの絆は、まだ壊れていないようだ。

翔也が俺を襲った理由は、せめて自分の手で仲間の秘密を知ろうという思いからだったのかもしれない。

だが、岩崎さんはステッキを拾うと、俺たちを威嚇する。

「友情ごっこはうんざりなのですよ！」

魔法少女が、俺たちに向かってきた。

だが、翔也は華麗に身を翻し、彼女の背後に回ると、岩崎さんを羽交い締めにした。

「何をするのです！　放すのです！」

「放して欲しけりゃ、的をどこに刻印したかを白状することだな」

「女の子に乱暴をするような鬼畜どもには、教えないのです」

「さっき澄まし顔でクラスメイトを掻っ捌いたくせに、どの口で言ってるんだよ」

そうだ、『ハロウィンバレット』は、ターゲットマークを狙撃しなければ、倒せないルールなのだ。適当に弾を撃ち込んでも、埒が明かない。まあ、的が分かったところで、綺麗に一発で当てられる程、射撃の腕に自信があるわけではないのだが。

的を見つけた時は、至近距離でぶち込むのが正解なのだろう。

俺は岩崎さんに問う。

「世直しって言ってるけど、お前はこの世界を、どう正すつもりなんだ？」

「私のような陰キャでも、胸を張って生きられる世界を作るのです」

「だからそれなら、岩崎さんの心を変えれば、解決するんじゃないのかよ！」

「黙れなのです！」

岩崎さんは翔也の腕の中で足掻き、何度も発砲する。

「私のやり方にケチをつける奴は、殲滅するのです！」

そして、翔也の腕を振り払うと、腹に肘打ちをお見舞いする。

「ぐはっ」

翔也が腹を押さえ、床に片膝をついた。

その隙に岩崎さんは、廊下を駆け抜ける。

「おい、どこに行く気だよ？」

俺は両手を広げて、進路を塞ぐが、

「邪魔なのです」

小柄な彼女は、器用に腰を屈めて、俺の腕を暖簾のように潜った。

「させるかよ」

俺は身を捩って、岩崎さんの衣装に手を伸ばした。だが、すんでのところで指が、腰についたリボンを掠める。

「ちくしょう、間に合わなかったか」

岩崎さんは、反対側のフロアへ向かう通路に、走り去って行った。

「逃がしちまったな」

翔也が体を起こして、俺に近づいてきた。

「たぶんだけど、あっちに行ったってことは」

俺は、人狼ゲームでの一幕を思い返していた。すると、頑なに岩崎さんを庇っていた奴の顔が、頭を過ったのだ。

「岩崎さんは、三柴と落ち合う気かもしれないぞ」

推しとファン。二人の歪な関係は、今も尚続いている。それは、三柴の献身的な行動からも見て取れた。

「なるほどな。二人で協力されたら厄介だよな」

翔也が言う。

「よし、六樹（むつき）。オレは律人（りつと）を迎えに行く」

「はあ？　どういうことだよ？　全員は生き残れないんだぞ？」

「だからだよ」

翔也は、吹っ切れた顔をしていた。

「さっきも言っただろ？　お前らが他の奴にやられるくらいなら、俺の手で撃ちたいんだ」

それは、俺も同じ気持ちだった。

「いきなり襲って悪かったな。そういうことだから。六樹は、庄條（しょうじょう）さんに協力をお願いしてきてくれ」

「庄條さん？」

「六樹と庄條さんは、最強のコンビネーションだからな」

「てめえ、茶化（ちゃか）すんじゃねえよ」

「いや、オレは本当に、お前たち二人がお似合いだと思ってるんだって」

そう言った翔也の顔は、どこか切なげだった。

「それ、本気で言ってくれてるのかよ？」

「当たり前だろ。オレはお前を応援してるんだから」

そう言って翔也は、白い歯を見せた。

「だから、何とかスプライツの三人で生き残ろうぜ。そうしたら最後は恨みっこなしで、振り向き様に撃ち合うっていうのもいいかもな」

「ははは。西部劇みたいで面白そうだな」

俺は翔也の様子が、いつもの調子に戻ってくれたことに安堵した。

「じゃあ、六樹。頼んだぞ」

「ああ、任せろ」

俺たちはライブ前の円陣のように、すっと手を重ね合う。そして、勢いよく手を振り上げた。

「二人とも無事で落ち合おうぜ」

そうして俺たちは、それぞれの目的地に向かうのであった。

※

翔也と約束した通り、俺は庄條さんの部屋に向かっていた。

翔也が向かった律人の部屋は、地下にある。俺は翔也と別れてすぐに、彼が階段を下りていくのを見届けた。

俺が飛ばされた子供部屋は、建物の西側だったから、今はその逆の庄條さんがいる東エリアに移動しているところだ。

　庄條さんが飛ばされたのは、メイクルームらしい。

　いつ誰が裏切るか分からない。俺たちの置かれている状況は、非常に危ういものだと言えるだろう。だが、俺は翔也の言葉を信じることにした。

「翔也に勝利を譲る気はねえけどな」

　ふっと笑みが漏れる。

　翔也に銃を向けられた時は、ひやりとしたものだ。でも、岩崎さんの乱入で、逆に俺たちは平静を取り戻せたと言っていい。

　俺も翔也が他の奴に負けるのは嫌だ。だから、俺がこの手で翔也を楽にしてやりたい。知られたくない秘密をとっとと打ち明けて、また腹の底から笑い合えるように。

「俺が勝った暁には、二人に俺の秘密も聞かせてやるよ」

　そうなれば、スプライツに隠しごとはなくなるだろう。

「翔也、頼むから律人を説得してくれよ」

　そして、庄條さんも信頼に足る人間だと、俺は思うのだ。庄條さんは、誰よりも妹の存在が復活することを願っている。オルゴールに善意の魂の居場所を訊く必死な姿を見て、俺は彼女が妹に抱く愛情を再認識した。

　彼女が呪いの誕生に加担した理由は、妹の無念を晴らすためだった。だが、庄條舞輪の善意の魂は、姉が呪いの首謀者になることなど望んでいなかった。それに気付いたから庄條澪は、この呪いの騒動を自らで幕引きするために奔走している。

だから、俺と彼女の目的は、呪いを終わらせたいってことで、一致しているはずなのだ。

俺が得体の知れない世界に転移しようと思えたのも、庄條舞輪の動画と『ロキ』を、もう一度歌いたかったからである。『ロキ』は、もう庄條舞輪だけの曲ではない。スプライツと彼女のデュエットソングなのだ。

「そうだよ。『ロキ』を歌わなきゃ、俺たちの卒業ライブは完結しないんだよ」

だから、庄條さんも俺も、庄條舞輪を救うために、頑張っている。

さて、ちょうど半分くらい走った地点には、みんなで人狼ゲームをプレイしたリビングがあり、そこを越えると、庄條さんが飛ばされたメイクルームのドアが見えてきた。

「ここだな」

俺はドアの前に立つ。耳を澄ますが、室内はいやに静かだった。

そうか。もう部屋を後にした可能性もあるのか。くつろいでいるだけならいいのだが。

俺は、ドアをノックした。

「庄條さん、俺だよ。小鳥遊だ」

しかし、庄條さんの声が返ってくることはなかった。

「やっぱり、もう部屋に居ないのかもな」

俺を待ち伏せした岩崎さんみたいに、庄條さんの部屋に誰かが攻め込んできた後って線も考えられなくはない。やり合っているような物音は聞こえないが、俺は少し身構える。

「庄條さん？　悪いけど、入るぞ？」

俺は警戒しながら、そっとドアを開けた。

すると、部屋に漂う妙な気配を感じ、俺の体は硬直した。

じめっとした瘴気が立ち込め、バチバチと黒い火花が散っていた。

化粧台の前に座っていた後ろ姿は、庄條さんではなかった。

俺と対面する鏡に映っているのは、大きく見開く怨嗟を孕んだ目だ。ドアを隔てると聞こえてこなかったが、首に掛かったヘッドフォンからは、ぬいぐるみの『ロキ』の合唱が、薄っすらと音漏れしていた。

鏡越しに向けられた強烈な殺気を察知し、俺はぐっと拳を握った。

「おい、何でここにお前がいるんだよ……？」

「何でって、女の子が鏡の前ですることなんて、おめかし以外にあるかい？」

「フザけるな！　そんな理由で納得できるわけないだろ！」

俺に敵意を剥き出しにして待ち構えていたのは、悪意の白雪舞輪だった。

「そんなに怖がらなくてもいいじゃないか」

「うるせえ。だったら、そんないきり立ってるんじゃねえよ」

「ハハハ！　これは失敬。鏡にボクの顔が映ってしまっていたようだね」

悪意は、まだこちらを振り返らずに会話を進める。

「ひょっとして、姉さんを探していたのかな？」

その言葉に俺は、妙な胸騒ぎを覚えた。

「まさか、お前？　庄條さんを消したのか？」

こいつの力を持ってすれば、庄條さんをこの世界から強制退場させることも可能に思える。それとも、自分で姉を撃ちやがったか？

「人聞きが悪いことを言わないでよ。ボクが大切な客人に、そんなことをするわけがないだろ」

「庄條さんが客人？　どういう意味だ」

「君たちと姉さんは、ゲストプレイヤーだってことさ」

「ゲストだと？」

「ああ、君たちを呼んだのは、ボクじゃないからね」

「はあ？　お前じゃないって、どういうことだ？　この呪いは、お前が作った物なんだろ？」

悪意はおもむろに立ち上がると、俺を振り返った。

「違うと言っているじゃないか？」

ゾクゾクと毛が逆立ち、ピリついた恐怖が肌を刺激する。

「本当に違うって言うのか……？」

「浦井カナコをそそのかした者がいると、ボクに教えてくれた方がいるのさ」

俺は一人の少年の顔が思い浮かんだ。誰も知らない真実を見透かすなんて、そんな常人離れしたことが出来る奴は、あいつの他にいないのではなかろうか。

「もしかして、そいつは、あのサムネイルの少年のことか？」

悪意は、にやりと口角を上げる。

「その反応は、図星だったのか？」

何故だろうか。心なしか、『ロキ』の音漏れのボリュームが大きくなった気がした。

「あいつは何者なんだ？」

「それは、自分で確かめるといいさ」

悪意は肝心なところを、はぐらかした。

だが、おそらくサムネイルの少年は、悪意の白雪舞輪をもしのぐ力を有していそうだ。

悪意があの少年にへりくだっていることからも、二人の力関係が窺えた。

「ボクは呪いの復活に協力したまでさ。君たちのクラスメイトを、この世界に誘き出すために、大森奏絵を利用してね」

「お前がこの世界に俺たちを呼んだのは、浦井を使ってお前の悪口を書き込ませた奴がいたことを知ったから。そして、のうのうと暮らすそいつへの復讐を企てたんだな？」

「そうだね。だから、ＱＲコードのホストを大森奏絵になるよう仕向けたのは、ボクさ」

確かにこの世界に転移するためのＱＲコードのホストは、大森奏絵だった。

それはこいつが、そのように細工をしたってわけだ。

「じゃあ、最初からこの茶番は、岩崎さんに絶望を与えるためのショーだったってわけか」

悪意が満足げに頷き、舌なめずりをした。

「ああ、彼女のリアクションは、最高だったよね。さぞ惨めだったことだろうさ」

だが、それなら悪質な書き込みと無縁の俺たちが呼ばれた理由は、何だって言うんだ？

「じゃあ、俺たちのバンドは、お前の思惑とは関係なしに呼ばれたんだな？」

「そうさ。君たちはこのゲームを盛り上げるために、あの方が招待したのさ」

「はあ？　何でゲームを盛り上げる必要があるんだ……？」

悪意が不遜に笑う。

「その方が、面白いからだよ」

意味が分からない。そんな理由で、俺たちは殺し合いをさせられているっていうのか？

俺には到底、その心理が理解できなかった。

ふと、この世界に来る前のことが、脳裏に蘇った。

「そういえば、善意の白雪舞輪も、あのサムネイルの野郎に幽閉されるって言ってたな。

それも何か理由があるのか？」

　悪意は、大袈裟に肩をすくめる。

「だから、言ってるだろ？　その方が面白くなるからさ」

　俺は悪意の返事を聞いて、茫然とする。

「じゃあ、文化祭で、お前を使って『ロキ』の呪いを拡散させた理由も、あいつにとっては面白いからだって言うのか？」

「ああ、そうさ」

　俺はとても空しい気持ちに苛まれてしまう。

「ははは、冗談だよな？　面白いからなんて馬鹿げた理由で、あんな恐ろしい呪いが拡散されていたって言うのかよ？」

「呪いの出自なんて、ボクにとってはどうでもいい話さ。ボクはボクを馬鹿にした連中に、制裁を加えられたら、何だって構わないからね！　ハハハ！」

　悪意は両腕を掲げ、哄笑する。

　あまりに滅茶苦茶な話だった。悪意の種明かしが真実なら、あのサムネイルの少年は、呪いなんて物を作れるだけの異能力を備えながら、ただの道楽のために、その力を振るっているというのだ。

「あいつは本当に、何者なんだよ……俺たちの心を、俺たちの関係を、これだけ掻き乱しておいて……何が可笑(おか)しいって言うんだよ？」

溢(あふ)れてくる感情は、やり場のない怒りだった。

あいつは最初に、庄條澪(しょうじょうれい)や黒木真琴(くろきまこと)の気持ちを悪用した。そして、人の精神を操る呪いを使い、青春の破壊を遂行しようとしていた。

俺はその呪いによって、トラウマ級の恐怖を植え付けられた。

呪いが復活した今は、こんなギスギスしたゲームをプレイさせられて、友を信じる心さえ揺らぎそうになっているのだ。

そんな俺たちの葛藤を高みから見物して、あいつは愉快に笑っているって言うのか？

「だったら、俺がこの呪いを解いて、あいつを安全圏から引きずり降ろしてやる」

「ほう、小鳥遊(たかなし)くん。君も言うようになったじゃないか」

「当たり前だ。こんな理不尽を許し続けてたまるかよ」

「君は自分が誰に盾突こうとしているのか、理解しているのかな？」

「そんなもん、知るか！」

俺は、絶叫する。

「キレるのは勝手だけど、自分の感情に足元をすくわれなければいいけどね」

悪意は興味なげに、すっと椅子に座り直した。

「おい、まだ答えてもらってないことがあるだろ。庄條さんはどこだよ？」

「ああ、姉さんかい？　さあね。どこに向かったのかな。オルゴールを連れて出て行ったよ」

「はあ？　何であのウサギを連れて行ったんだ？」

「彼とボクをこの部屋に呼び出したのは、姉さんの方さ。おそらく善意の魂の行方でも訊きたかったんじゃないかのかな？」

「そうか。庄條さんはゲームそっちのけで、善意の魂の解放を優先させているのか」

庄條さんに協力したいところだが、俺の方はこのデスゲームに集中した方が良さそうだ。それが俺たちの役割分担だと割り切ろう。

「庄條さんがここに居ないことは分かった。でも、お前は何でこの部屋に残ったんだよ？」

「ボクかい？　まだ誰もぬいぐるみにならなくて、暇だったからね。君が近づいてきたのを感じたから、帰らず待っていたのさ」

「はあ？　俺を待ち伏せかよ？　気持ち悪いな」

「おや。ずいぶんつれないじゃないか。せっかく一つ、忠告してあげようと思ったのに」

「忠告だと？」

「ああ、そうだよ。なぜ、この世界に転移するパスコードが、君たちの秘密でないといけなかったのか。君は考えたことがあるかい？」

「思わせぶりなことを言ってくれるじゃねえか。呪いが発動する理由が、秘密である必要性？　それも岩崎さんへの仕返しを盛り上げるためじゃないのか？」

悪意は左右にゆっくりと首を振った。どうやら間違っているらしい。

「まあ、ゲームに勝ち進めれば、いずれ真実は明らかになるさ」

「ああ、言われなくても、俺が勝ち残って、この呪いを解いてやるさ」

悪意は周囲に瘴気を撒き散らしながら、

「せいぜい、また裏切られないようにね？」

と、嫌味をこぼす。

「誰のせいで、俺たちの間に、裏切りが横行してると思ってるんだ」

この『ロキ』の呪いが発端となって、今や俺たちのクラスの内情は、混沌を極めている。

いや、悪意がそこいらに伝播している、とでも言い換えた方がいいか。

「ふっ。まあ、君の健闘を祈るよ」

悪意は俺を嘲る。俺は、悪意に背を向け、部屋を出た。

「悪い、翔也。庄條さんの勧誘は空振りだった」

このままうろついていたら他のプレイヤーと遭遇して、襲われることも有り得るよな。

俺は周囲をじっくり見回して、敵がいないことを確認する。

「敵陣に一人で突っ込むよりは、とりあえず翔也と合流した方がいいかもな」

俺は、律人を迎えに行った翔也を追い掛けることにした。

そうして翔也の下りた階段まで戻った。

いざ地下室に潜ると、暗然たる雰囲気に身が竦んだ。大森さんの見舞いに行った病院で立ち寄った霊安室とオーバーラップする。

ひんやりとした空気が肌に触れ、思わずゴクリと唾を飲み込んだ。

周囲には誰もいないはずだが、何かにずっと見張られているような気になってくる。まるで悪意の白雪舞輪のあの瞳が幾つも壁に張り付いているようだ。そんな有りもしない幻覚が見えて、思わず俺は後ずさってしまった。

「くそっ。悪意のあの目を見ちまった後だからか、色んな恐怖が蘇ってきやがるぜ」

だが、こんなところで時間を食っていては、リアル世界に戻る頃には全員ぬいぐるみにされちまっているかもしれない。俺は、こんなところで立ち止まっている場合ではないんだ。

「確認してなかったけど、律人の飛ばされた部屋って、どこなんだっけ?」

マップを広げてみたのだが。何故か律人の部屋だけが空欄になっていて、意図的に情報が遮断されているようだった。

「こんな洋館の地下にポツンとある部屋だ。得体が知れないぞ」

良からぬ妄想をしたら、全身に寒気が走り、身震いがしてきた。

「せめて翔也の説得が、上手くいってればいいんだけどな」

部屋の前に着くと、やけに頑丈な鉄の扉がお目見えする。

「何でこんなに厳重なんだよ？」

扉の下には、ロックの外れた南京錠が無造作に転がっており、邪魔になっていたと思しき石などを、あれこれどかした形跡もあった。

さっきまでリアルで参加していたハロウィンパーティーの余興の肝試しなんかより、余程にヤバイ空気を醸し出している。造り物ではないおっかなさがあった。

「でも、まだ二人は、この中かもしれないしな」

俺はその扉に手を掛ける。だが、またもや悪意のあの目の幻覚が、扉に映った。

「うっ……でも、これは幻なんだ」

俺は片手で扉を引いた。しかし、ビクともしない。

「本当に何なんだよ、この部屋は？」

俺は顔を真っ赤にして、両手で引っ張って何とか扉を開け切る。

「よし、開いたぞ」

だが、室内の様子を見て、俺は目を丸くした。

そこは、どう見ても、気が休まるような環境ではなかった。

カラカラと換気扇の回る音がして、戸口に冷気が吹き抜けていく。

部屋に足を踏み出すと、砂埃が舞った。天井からは、明滅する電球が幾つか垂れている。

その仄かな明かりを頼りに、俺は内装を見渡す。

端にあるテーブルには、手錠などの拘束具や、銃といった危険物が置かれている。

レンガの壁には、木の十字架が打ち込まれており、先端から鎖がぶら下がっていた。

奥に見えるのは、どうやら木棺らしい。そして、消えていたはずの電球が突如光り出し、
その下にあったパイプ椅子を照らすと、囚人服を着た男の子が、ポツンと座っていた。

「うわっ⁉」

俺は驚いて、悲鳴を上げてしまった。

そいつは帽子を深く被って申し訳なげに俯いており、はっきり顔が見えなかった。

「律人なのか？」

名前を呼んでやると、ようやくそいつは俺に顔を見せてくれた。

「六樹？」

「おう、やっぱり律人か。無事で良かったぜ」

俺は安堵して、脱力した。

しかし、どうしたのだろうか。律人は、やけに疲れた顔をしていた。

「ここは何なんだよ？」

「たぶんだけど。牢獄とか、監禁部屋ってところかな？」

「ああ、そうだな。異論はねえよ」

あえて地図から名前を消されている部屋だ。隠しダンジョンみたいな危険な場所なのかもしれない。気を引き締めなければ、どんな仕掛けがあるか分かったものではない。

「律人？　こんなところは、早いとこ出た方がいいんじゃないか？」

「僕もそう思ってたんだけど、扉が動かなくて、てこずってたのさ」

「なるほどな。これ、無駄に頑丈だしな」

俺はキョロキョロと辺りを見やるが、もう一人の友人の姿が見えない。

「なあ？」

「なんだい？」

「ここに翔也が来なかったか？」

この部屋に律人を勧誘に来たはずの翔也が居なかった。

「さあ、来ていないけど？」

「えっ？　そうなのか？　律人に会いに行くって別れたはずなんだけど」

変だな。翔也が階段を下りていくところまでは、この目で確認したんだけどな。

俺は顎に手を置いて考える。

たとえば翔也が訪ねた時には、南京錠が掛かっていて入れなかったとか？

いや、それなら誰が南京錠を外したんだ？　律人が内側から開けるのは、無理だろうしな。

「あれ？　今、律人は、扉が動かなくてって言ってたよな？　それって扉が重かったんじゃなくて、鍵が掛かっていて開かなかったってことなんじゃ？」

律人は小首を傾げる。

「ねえ？　何をブツブツ言っているの？」

「うん？　いやな。やっぱり誰かここに来たんじゃないのかなって」

「どうして？」

「だって、この部屋は、外鍵が外されていたから」

俺がそう言い掛けた時だった。

——ドン。

突如として室内に木霊した妙な騒音に、俺の肩が跳ねた。

「おい？　今のは、何の音だよ？」

その後もドンドンと、その何かがぶつかるような物音が続いた。

それは酷く慌てた様子で、まるで助けを求めるようなリズムだった。

「まさか、あれか？」

暗くて分かりにくかったが、目を凝らすと、棺が揺れているようだった。

「おい、律人。棺の中に、誰かいるんじゃないのか？」

律人は俺から目を逸らして、黙ってしまった。その気まずそうな反応を見て、俺の胸に、嫌な予感が巡った。半信半疑のまま俺は棺に近づいていき、蓋に指を掛ける。

「いいな？　開けちまうぞ？」

律人からの返事は無かったが、俺は騒音の正体を調べることにした。

ドクドクと、心臓が嫌な鳴り方をしている。

「どうか、勘違いであってくれよ？」

俺は恐る恐る蓋を持ち上げた。

「うー！」

その大きな木棺の中には、考え得る中でも最悪の光景があった。

手錠で拘束され、布で口を塞がれた翔也が閉じ込められていたのだ。翔也が持っていた武器の銃も、足元にひっそりと添えられていた。

俺はその事実を、瞬時には受け入れられなかった。でも、本人の口から理由を聞かないことには、先には進めないだろう。

「律人、これはどういうことだ？」

出来るだけ簡潔に、言葉を選んだつもりだ。問いただしたいことは山程あった。だが、あくまでも俺は、ゆっくりと律人の気持ちを紐解いていこうと決めた。

「くっ……」

律人は呻き、歯を食いしばる。そうやって自分の内にある言葉を必死に探しているようだった。だが、律人はとうとう頭の帽子を掻き始める。

「あー！　どうしていいか、僕にも分からなかったんだよ！　僕は自分に負けたんだ！どうすれば良かった？　僕が悪いのか？」

あの聡明な律人が、毒づいて取り乱している。

そして、勢いよく律人が立ち上がると、椅子が派手に倒れる音が響き渡った。

「落ち着けよ、律人？」

「知られたくなかったんだ……二人には知られたくないんだよ！」

律人はその場で、泣きじゃくる。

俺は隙を見て、翔也の口に巻かれた布を解いてやる。

「はあはあ……助かったぜ、六樹」

「律人が翔也を閉じ込めたのか？」

「ああ、不意を突かれてな。今、目が覚めた感じだ」

「何だよ、魂でも気絶するものなのかよ」

肉体的な傷はすぐに癒えるが、意識を飛ばされると、しばらくは起き上がれなくなるらしい。そこはリアルと同じなのか。

「ごめんな……大見得切ったくせに、交渉失敗でこのザマだ」

「気にすんな。今度は二人で説得すればいいだろ」

俺は翔也のわきを掴んで、立たせてやる。

「手錠の鍵はないのかよ？」

「律人が、どこにしまっているかだよな」

ざっと見る限り、部屋の中にそれっぽいものは見当たらない。

面倒なことになってきた。味方である翔也の両手が塞がれてしまっている。今、他の奴らに襲われたら、翔也が足手まといになりかねない。

翔也を護りながら戦うなんて、俺には無理ゲーだって。

「でも、俺たちには、律人が必要だよな」

俺の言葉に、翔也も続く。

「ああ、そうだな。スプライツの名に懸けて、必ず律人を正気に戻してやろうぜ」

俺は律人に向かって、両手を広げる。

「律人！　翔也の手錠を外してやれよ！」

だが、律人は顔を俯けたまま、ボソボソと何やら言っている。

「僕だって分かっていたんだ……いつか言わなくちゃいけないって。でも、言い出せなかったんだよ」

「何の話なんだよ、律人？」

「僕は親の言いなりになって、二人と向き合うことから逃げたんだ！」

「何を言ってるんだ、律人？」

翔也が言う。

「さっきからずっとあの調子なんだよ」

ふと俺は、体育館で庄條さんが拾ってくれたチラシの存在を思い出していた。

律人の呟いた断片的な情報を繋ぎ合わせていくと、大体の察しはついてしまった。

「律人は俺たちに、秘密を知られたくなかったってことか」

律人は俺たちを見やり、自分の服を引っ張ってみせた。

「まったくこれは僕に、お似合いの仮装だよ。僕は、罪深い人間だからね」

とにかく律人を宥めなければ、このままでは会話にすらならない。

しかし、律人はテーブルに向かった。

「何があっても、お前を責めるつもりはない。だから、律人。俺たちと話し合おうぜ」

「律人？」

やおら律人は銃を掴み、

「僕は二人を裏切ったんだ」

そして、銃口を俺に向ける。

「おい、律人？　落ち着けって」

「ごめんよ」

律人は引き金を引いた。

ドスンと銃弾が、俺の胸にめり込む。

「ぐっ」

あまりにも重い親友からの一撃だった。

「残念だったな。そこは的じゃねえよ」

「うん、そうみたいだね」

「無駄撃ちしても切りがないぞ？」

「だから、翔也に手錠を掛けて、じっくり的を探すつもりだった。そこに、六樹が現れたんじゃないか」

翔也を拘束して閉じ込めた理由は、的を探すためだったのか。

このサムネイルの世界では、肉体的な痛みはやがて引いていく。だが、親友に銃撃されたという心の痛みは、なかなかすぐ消えてくれるものではない。

俺は傷を負った胸に手をやり、ぐっと衣装を握った。

何がゲストプレイヤーだ。俺たちの仲をグチャグチャにして、面白がっている奴がいるって話じゃねえか。俺たちがこんなゲームに参加する意味なんて、本当にあったのかよ？

だが、律人が抱える秘密は、きっとスプライツの将来に関わることなんだろう。だから、遅かれ早かれ、バンド内に揉め事は起きていたのかもしれない。

でも、話し合いの機会すら持てないまま、互いを撃ち合って解散なんてあんまりだろ。こんなクソみたいなゲームがきっかけでバンドが空中分解しちまうとか、俺は認めねえよ。

それに俺たちが仲違いをすれば、あのサムネイルの野郎の思うつぼになるんだよな？

「面白くなんかさせてやらねえよ。このまま仲直りをして大団円だぜ」

俺にとって友達と呼べる奴なんて、この二人以外に居なかったんだから。

翔也が塞がれた手で、俺の尻を叩いた。

「六樹？　律人を説得して、俺の部屋に戻ろう」

「えっ？　何でわざわざそんな寄り道をするんだよ？」

「お前たちに、見せたいものがあるんだよ」

翔也の目に、迷いや憂いなど一切なかった。

「分かった。お前には、何か考えがあるってことなんだな？」

俺は、翔也の案に乗っかることにした。

「でも、手錠はどうするんだ？」

「鍵のある場所は律人なら知ってるだろ。だから、説得して施錠を解いてもらおうぜ」

「いや、そんな悠長にやってる暇なんかあるのかよ？」

「まあ、心配ないさ。オレは、ずる賢いからな」

と、翔也は笑った。

「おい、本当に大丈夫なんだろうな？」

「ああ、任せろ。とにかく話は後だ。オレの銃を貸してやる。しばらく六樹は、二刀流だな」

「全然、有難くねえよ。ったく、俺の腕前に期待するんじゃねえぞ」

買い被られてしまったな。でも、俺だって律人と喧嘩別れになることを望んでなんかいないんだ。俺は翔也の銃を手に持った。

「律人。俺たちは、翔也の部屋に戻る。頼む、ついてきてくれ」

「二人で僕を出し抜くつもりじゃないだろうね……？」

　こちらの世界に来てから色んなことがあって、律人はすっかり疑心暗鬼になってしまっている。そりゃクラスメイトの醜態を何度も見せられたら、そうなっても文句は言えない。

だが、それでも俺は、律人に仲間を信じる心を取り戻して欲しかった。

「行こう、翔也」

「ああ」

　そして、俺たちは左右に分かれ、律人の背後にある出口に向かって駆け出した。

「ちょっと待ってよ！」

反応が遅れた律人の足は、もつれているようだった。律人がもたついている隙に、俺と翔也は一気に階段を駆け上がり、廊下に出たところで立ち止まる。

ふと、廊下に置かれた木箱が、俺の目に留まった。

「あれ？　こんなの、さっきあったっけ？」

その不自然に現れた箱に、手を伸ばそうとしたのだが、

「ちゃんと律人はついてきてるかよ？」

翔也に訊かれて、階段の下を見やる。

「ああ、大丈夫だ」

そこには律人の姿があった。しかし、その時だ。

「ぐわっ」

何の前触れもなく翔也が呻き、くずおれていった。

見れば、翔也の近くにも、俺が見つけたものとは別の木箱が置かれていたのだ。

「さっきはよくもコケにしてくれたのです」

その箱から這い出た魔法少女が、怪しげな微笑を浮かべる。

「くそっ、岩崎さんかよ……」

彼女が眼前に掲げているのは、星形のステッキだった。

「翔也、大丈夫か？」

俺が岩崎さんに向け、銃を構えると、

「ごめんよ……」

俺の背後の木箱の中から、今度は蛍光色の衣装を纏ったピエロ——三柴が飛び出してきた。岩崎さんに気を取られて、気もそぞろになっていた。俺は三柴に、わきをかかえられて、動きを封じられてしまったのだ。

「手錠なんかして、ドMなのですか？　まあ、こちらとしては、料理し易いですが」

痛がる翔也の頬を、魔法少女が手の甲で殴りつけると、翔也は悲鳴を上げて床に倒れ込む。

不覚だ。岩崎さんが三柴に援護を求めたことまでは予測していたはずだった。それなのに律人の説得に夢中で、彼女の襲来まで気が回らなかった。

「さあ、あなたはどこに的を刻印したのです？」

翔也の衣装は腹の辺りが裂けていた。岩崎さんは、破れた衣装から露わになった、六つに割れる翔也の見事な腹筋を手でさすった。

「やめろ！　おい、三柴！　頼むから離してくれよ！」

俺は、友人が目の前でぬいぐるみにされるのを黙って見てはいられなかった。

「俺っちも、好きでやってるわけじゃないんだよ。でも、ごめんよ」

三柴は消え入りそうな声で、そう謝ってきた。

「痛みはすぐに消えるんでしたね。では、失礼するのです」

「ぐわっ！」

　翔也の美しい腹筋に、魔法少女が一切の躊躇（ちゅうちょ）なくステッキを突き立てた。

　俺は今、とんでもない光景を目撃している。これがリアル世界だったなら、殺人事件になっていたことだろうよ。

　サムネの世界では血が流れないからこそ、人の肌に何遍も刃（は）を刺し込み、肉が見えるシーンは余計に悍（おぞ）ましかった。俺は岩崎さんの猟奇的な犯行現場を目の当たりにし、言いようのない不快感が込み上げる。

「ちくしょう……」

　俺は凄惨な光景に耐えきれずに、瞑目（めいもく）する。

「六樹（むつき）、オレは大丈夫だ。それよりまだ俺たちの方が、数的に優位だろ？」

「優位って、こっちも同数だろ？」

　すると、コツコツと階段から靴音が聞こえてきた。

「そうか。そういうことか」

　登場した囚人服の親友が、怒りを押し殺すように、頭に載った帽子をグッと握った。

「二人が無茶苦茶（むちゃくちゃ）されているのを見るのは、やっぱり腹立たしいね」

　律人は颯爽（さっそう）と、手にした銃で魔法少女を威嚇する。

「待つのです、宇佐美くん！　こちらにつくのが賢明なのです！　なぜなら、私は」

魔法少女が言い切る前に、律人は引き金を引く。

「舐めるな、僕がそっちにつくわけないだろ。僕はスプライツのベーシストだぞ？」

銃弾は魔法少女の腹にヒットして、彼女はうずくまった。

「女の子を撃つなんて酷いのです……でも、君は選択を間違えましたね」

「どういう意味さ？」

「さあ？　後悔しても知らないのです」

魔法少女は腹を気にしながら立ち上がって、

「さあ、一旦退くのです」

「うん、分かったよ」

すると、俺を羽交い締めにしていた三柴が、俺のわきから腕を抜いた。

「おい、待てよ。三柴？」

「本当にごめん……でも、気を付けて、次はきっと当たらないから」

「はあ？　当たらないって、攻撃がってことか？　おい、三柴？」

三柴は答えず、岩崎さんの後を追い掛けていった。

「くそ、あっちは俺たちが向かう方向と被ってるぞ？」

おもむろに律人が翔也に近づいて行って、

「ごめんね、翔也。僕が手錠なんか掛けたばっかりに、抵抗できなかったんだよね」

律人の手の平には、鍵が握られていた。

「律人、俺たちの味方になってくれるのか？」

嬉々として俺は問い掛ける。すかさず律人が、翔也の手錠の鍵穴に鍵を差し込んだ。

「律人、ありがとな」

ようやく手が自由になり、翔也は指を折り畳んだ。

「ううん。どういたしまして」

だが、律人の様子がおかしい。

「おい、律人？」

律人は、翔也の額に銃口を当てた。

「まだオレたちを信用できないかよ？」

翔也が苦笑をする。律人は手で胸を掻き毟りながら、

「もう一人じゃ、この気持ちに整理をつけられないんだ……だから、今は翔也に従うよ。見せたいものがあるって言ってただろ？　それを見た自分がどんな選択をするか、知りたいんだ」

「うん、焦らなくていいぞ……落ち着いて決めてくれたらいいんだ」

ハッピーエンドとはいかなかった。ただ俺たちはちゃんと向き合った上で、結論を出し

たいだけなのだ。自分一人で解決できなかったからこそ、押し殺した秘密なのだから。

「じゃあ、連れていってよ」

律人は銃を引っ込め、代わりに翔也に手を差し伸べる。

「ああ、たとえこの先で何があろうと、オレたちは三人でスプライツだからな」

翔也が俺の気持ちを代弁してくれた。

律人が、翔也を引っ張り上げる。俺は、立ち上がった翔也に預かっていた銃を返してやる。

「サンキュ、六樹。それからこれは、六樹が持っといてくれ」

翔也がそう言って、外れた手錠を俺に手渡す。

「いいのかよ、俺が使って？」

「オレたちは、一度六樹に助けられた身だ。秘密がバレることに怯えて、そのことをすっかり忘れてたぜ。どうかしちまってたよ」

「そりゃいつの話だよ？」

「文化祭の時にオレたちが呪いに掛かった時、六樹はオレたちのために走り回ってくれたんだろ？」

そうか。こちらの世界に来て、あやふやになっていたはずの文化祭の頃の記憶が、みんなの中に蘇っているんだった。だから、庄條澪の記憶も取り戻せたんだからな。

律人は顔を俯け、

「そうだったね。六樹が僕たちの呪いを解いてくれたんだ」

「感謝されるようなことじゃねえよ。お前たちは俺の数少ない親友なんだ。助けるのは、当たり前だろ？」

「ありがとう、六樹。僕も今度こそ、みんなと誠実に向き合うよ」

俺たちは迷いを振り切るように、翔也の部屋に急ぐのであった。

※

スプライツの三人で協力しながら戦えるなら、それは心強い話だ。

まだ姿を見せていない大森さんだが、人狼ゲームの件で彼女は、俺たちを恨んでいるに違いない。そして、オルゴールを連れ出した庄條さんの安否も、気になるところだ。

だが、現時点で最も厄介なのは、岩崎さんの動向か。三柴を抱き込み、武器も豊富に持っている。神出鬼没の魔法少女からの奇襲は、致命傷になるやもしれない。

俺は周囲に気を配りながら、廊下を進んでいる。

しかし、翔也は本当に自分の部屋に戻って、何を見せようというのだろうか。

そんな中、俺は、はたと通り過ぎた自分の部屋が気になり、足を止めた。

「なあ。ちょっとだけ、俺の部屋にも寄ってもらっていいか？」

「えっ？　何でだよ？」

先を走っていた二人が、折り返してくる。

「いや、ちょっと岩崎さんが隠れていたりしないかなってな」

「なるほど。念のために、確認をってことか」

「ああ、今ならこっちが数で有利だろ」

だが、律人は、

「本当にそうなのかな？　彼女が言ってたことが、妙に引っ掛かるんだよね」

俺は律人に訊く。

「岩崎さんが、何か言ってたっけ？」

「うん。さっきは翔也の救出を優先したから、彼女の言葉を遮ったんだけど。岩崎さんは、こちらにつく方が賢明だって言ってたよね？　あれは、どういう意味だったんだろうって」

翔也がドンと胸を叩いて、

「どうせ、ハッタリだろ？」

「そうだといいんだけど……」

俺は律人の肩に手を置く。

「確かにあの魔法少女は手強いけど、三人で協力すれば問題ないだろ」

律人は頷き、

「うん、そうかもしれないね。このことは、あまり深く考えないでおこうか」

納得したように述べた。

「じゃあ、ちょっと六樹の部屋にお邪魔しようぜ」

翔也が俺の部屋のドアノブに手を掛ける。

「中に敵がいるかもしれないんだ。気を付けろよ、翔也？」

「ああ、分かってるって」

律人がマップを見る。

「六樹の部屋って確か、子供部屋だっけ？」

「そうだぜ？　オモチャ屋みたいに騒がしくて、デスゲームのことなんて、うっかり忘れそうになるぞ」

「へえ。じゃあ、息抜きになればいいな」

翔也が、真剣な顔になり、

「心の準備はいいか？　開けるぞ？」

そして、俺の部屋に三人で入る。

すぐさま反応したのは、律人だった。

「これって……」

律人は、床を歩いていたロボットを持ち上げた。

「どうした、律人？　そいつが気になるのか？」

「これ、僕が小さい頃に持ってたヤツだよ」

懐かしそうに、笑みをこぼした。

「えっ？　そうなのか？　何で律人の子供の頃のオモチャがここに？」

俺が腕を組んで考えていると、

「おお！　この電車は、オレが遊んでた兄貴のお下がりだぜ？」

「はあ？　翔也のオモチャまであるのかよ？」

俺は改めて、部屋の中を見回した。

「あっ……」

俺は銃を床に置いて、天井を舞う飛行機を掴んだ。

「まったくこんなもん見せられたら、童心に返るよな」

その機体には平仮名で、「むつき」と書いてあった。

そうだ。これは俺が子供の頃によく遊んでいたものだ。そして、壁にあった落書きは、かつての俺の夢だった。それは、いつの間にか忘れてしまっていた遠い日の記憶。

「そうか。下手くそな字で読めなかったけど、これは、『ぱいろっと』って書いてあるのか。まだあの頃の俺は、平仮名しか書けなかったんだもんな」

俺が音楽と出会う以前の話だ。ガキの頃の俺は、パイロットになりたかったんだっけ。

「何だよ、六樹はパイロットになりたかったのか？」

「悪いかよ？」

「いや、意外だなって思っただけだ」

「じゃあ、翔也は何になりたかったんだよ？」

「オレか？　オレはこれだよ」

翔也は電車の車体を掲げ、

「発車オーライ！　なんつってな」

「なるほど、車掌さんか」

幼い頃は、みんなそれぞれに夢を持っていた。絶対に叶わないような大それた夢だって描けていたはずだ。

俺はどこで、パイロットが身の丈に合わない夢だと知ってしまったのか。そして、いつの間にその大切な夢を、クズかごに放り捨てたのだろう。

今の俺は、損得や優劣で物事を見る人間になっている。いつから自分は、そんな小賢しい人間になったんだよ。

ふと律人がオモチャを眺めながら、

「この部屋には、みんなの小さかった頃の夢が詰まっているんだろうね」

「ああ、そうだな。ところで律人は、何になりたかったんだ？」

「僕の夢は……」

そう言って律人は、手に持ったロボットを、床に戻した。

「何だよ、勿体ぶるなよ」

律人は首を横に振って、とうとう答えなかった。

「ここに立ち寄って良かったよ。何だか自分の本当の気持ちを知れた気がする」

さっきまでは辛そうだった律人の顔が、少しだけ明るくなった気がした。

俺は壁の落書きを手でさすり、

「この世界は、悪意だけを具現化した場所じゃなかったのかもな」

俺は、小さかった自分の日常に思いを馳せる。

律人がこぼした言葉が、心に刺さった。俺も、自分の本心を知れた気がした。

何の分別もつかなかったあの頃の自分の方が、もっとみんなとうまくやれていた気がする。現に小学生くらいまでは、普通に友達もいたはずなんだ。

それがどうして俺は、ぼっちになっていったんだろうか。

どうしたって俺たちは、なりたくもない大人に変えられていく。その過程で、色んな躓きがある。それが俺にとって、中学や高校だったのだ。

体は成長していくのに、心が追い付かない。いわゆる思春期ってやつだったんだろう。

足が速いだとか、勉強ができるだとか、些細なことが正義だった時代は終わり、人間の価値基準は恐ろしい程に、周囲からの視線に捻じ曲げられていくのだ。

いい例が、岩崎さんの承認欲求だ。《いいね》の数なんて、パイロットになりたかった頃の俺からすれば、どうでもいいことだったんだ。

そんなことよりも、新しいオモチャが欲しかったり、見たことのない虫を採ったりすることの方が、興奮を覚えただろう。

だが、今の俺はどうだ。満たされない心をバンドで埋め、ステージでの評価こそが絶対の正義だ。高校生になった俺は、パイロットなんかに微塵も興味が無くて、ただただ好きな音楽で喝采を浴び、スポットライトの下で優越感に浸りたいと思っている。

俺はきっと背が伸びるにつれ、大切な何かを幾つもクズかごに捨ててきたのだ。そこから溢れてしまったものが、今目の前にある景色なのかもしれない。

ゴミだと思って捨てたものは、実は朽ちてなんていなくて、今もこうして綺麗な思い出として、俺の心の中に存在していたのだろう。

人間関係だって、そうなのかもしれない。忘れちゃいけないことがあるのだ。

「やっぱり俺たちは、いがみ合っている場合じゃないよな」

なりたい自分は何だ？　立ちたい場所はどこだ？

俺は自分を奮い立たせる。必ず勝って、こんな不毛なゲームに終止符を打とう。

そう決意をした時、不意に俺の耳に誰かの声が聞こえた気がした。

『——ここにあるものはすべて、ボクからのプレゼントだよ』

その女の子の言葉は、翔也と律人にも聞こえていたようだ。

「誰かいるのか？」

驚いた二人が、キョロキョロと周囲を見回している。

その声の主は、きっとここにいない。だけど、この世界のどこかで、俺たちのことを見守ってくれているに違いない。

「ははは、そうだったな。『ロキ』の呪いが生み出したものは、決して悪意だけじゃなかったじゃねえか」

悪意と対になる善意だって、ちゃんと存在していたのだ。今の声は、おそらく善意の白雪舞輪のものだろう。

囚われているはずの彼女の声が、俺たちの耳に届いたのは、奇跡だったのかもしれない。

そうこれは、庄條舞輪が『ロキ』という曲に込めた願いが生み出した奇跡なのではないだろうか。

「さて、岩崎さんは襲ってこないようだし、そろそろ翔也の部屋に向かうか」

「ああ、長居してる場合じゃなかったな」

俺たちは、改めて翔也の部屋に向かうことにした。

「翔也の見せたいものって、何なんだよ?」

「えっとそうだな」

翔也は俺と律人を交互に見やり、

「たぶんオレが、一番大事だって思ってるものかな」

「はあ?　イケメンの台詞(せりふ)は、理解に苦しむぜ」

「言ってくれるな、六樹(むつき)」

でも、翔也の一番大事なものか。それは、何なんだろうか。

「よし、ついたぜ」

律人が警戒する。

「岩崎さんたちは、大丈夫かな?」

「まあ、殺風景な部屋だから、身を隠せるようなところもないぜ」

「そっか。じゃあ、もし部屋の中に誰か居ても、三人で対処できそうだね。ところで翔也の部屋は、シアタールームだっけ?」

「ああ、そうだ」

俺はマップを見直した。ふむ、確かにシアタールームとなっている。

「おいおい、何だよ。映画でも観ようって言うのか？」

「まあ、そんな感じだ」

「嘘だろ？　まさか大事なものって、翔也のお気に入りの映画とか？」

「ははは。まあ、観れば分かるって」

腑に落ちていなかったが、律人が先に翔也の部屋に入ったので俺も続く。

「なるほどな。まるで映画館みたいだな」

部屋の壁には、大きなスクリーンが掛かっていた。

自宅にこんな設備があったら、そりゃ映画だって観たくなるだろうな。

でも、言い換えれば、それ以外は特筆するものがない部屋だった。せっかくこんな巨大なスクリーンがあるのに、椅子一つないのだから気が利かないよな。

「マジで何もない部屋なんだな」

「な？　隠れようがないだろ？」

「そうだな。クローゼットとかもないみたいだし」

俺たちは安心して、敵への警戒を緩める。

「とりあえず座って観るか」

「そうだね」

俺たちは、地べたに座る。

しかし、一体何の上映会なんだ。本当にこんなことをしていて大丈夫なんだろうか。

訝しんで翔也の顔を覗くと、こちらの視線に気づいた彼はおもむろに口を開いた。

「さっきは銃を向けて悪かったな、六樹」

「くどいぞ。もういいだろ」

翔也はスクリーンに向き直り、

「ここで観たものを、自分の秘密と天秤に掛けて、オレは気が動転しちまったんだよ。まったく恥ずかしい話だ。でも、みんなときちんと向き合うべきだって思い直したんだ」

と、大画面に、映像が流れ出す。真っ先に耳に入ってきたのは、ギターの音色だ。

アップで映る軽装の男の子が、ピックで弦を掻き鳴らすステージだ。

その傍らで、オールバックのベーシストが、小気味よく低音を爪弾いていた。力強い演奏のドラマーは、虚空に汗を撒き散らしながら、スティックをシンバルに打ち込む。

俺は不意を突かれ、何も感想を言えずに固まっていた。

すると、横で座っていた律人が、前のめりになっていた。

「これって、僕たちのライブだよね？」

翔也が俺たちに見せたかったものは、俺たちのライブだったようだ。

俺はようやく頭の整理が追い付いた。

「これ、いつものライブハウスだよな？」

俺は、スクリーンを指さす。

「ああ、風邪で欠員が出たからって、兄貴が出番をねじ込んでくれた対バンだったはずだ」

律人が、天井を見上げ、

「えっと、それっていつのライブだっけ？」

俺は映像の自分が着る衣装が、いつのものだったか思い返していた。

Tシャツにジーンズ。我ながら、いつも通りのシンプルな出で立ちだ。だが、ステージで着る衣装にはこだわりがあって、色は気分で毎回変えている。

「白を着た回って、いつだったかな？」

ふと俺の脳内に、自分がベンチで誰かと話す光景が蘇ってきた。

その相手はクラスメイトの女の子で、まさか大人しそうな彼女と、対バンで出くわすなんて思ってもみなくて驚いたことを覚えていた。

ようやく俺は、このライブ映像が、いつのステージだったかを理解する。

「あっ、あれって」

場面がフロアに切り替わると、画面に庄條澪が映ったことで確信に変わった。彼女たちのバンドは、俺たちより出番が早かったはずだ。だから、俺たちのステージを観られただろう。そして、庄條澪は、画面に向かって話し掛けている。つまりこれは、ライブハウスのフロアで交わされた庄條姉妹の会話であり、姉しか映っていないことを考えると、一

WAAA!!
!

連の映像は、妹の視点からのものではないだろうか。

「この映像は、あいつが観た景色ってことか……」

本当に、彼女は俺たちのステージを観てくれていたんだ。その事実に、俺の目から熱い雫が流れて行った。俺は、何度も大きく肩を揺らした。

「もう分かっただろ？」

翔也が優しく俺の肩を叩いた。

「ああ……これは、スプライツが、庄條姉妹と対バンした日の映像だ」

律人が驚嘆する。

「じゃあ、もしかしてこれは、庄條舞輪さんの記憶の映像ってこと？」

翔也が笑った。

「だから、六樹ばっかり映っているんだと思うぜ」

翔也は冗談めかして言う。だが、怒る気にはなれなかった。

だって、『ロキ』は、ステージの俺を観て、彼女が作った曲なんだから。

「うん、だろうね。でもまあ、贅沢は言わないでおこうよ」

俺は、涙を指で拭った。

「二人して何の話をしてるんだ？」

律人と翔也は、顔を見合わす。そして、二人で示し合わせるかのように返事した。

「何でもないよ」

「何でもねーよ」

　こうやって三人で話していると、出会った頃のことを思い出す。

　中学時代の話だ。コミュ障の俺を気遣って、二人がよく話を振ってくれていた。それなのに斜に構えていた俺は、つっけんどんな返事をしてばっかりだった。

　最初の頃は、今みたいに会話が弾むこともなかった。特に翔也とは学校も別だったから、校外でしか接点が無かったし、打ち解けるまでに、けっこうな時間を要したと思う。

　でも、そんなちぐはぐな俺たちが心を通わせられたのは、音楽があったからだ。

　この三人で音を奏で合えば、言葉を交わさずとも自然と信頼関係を構築できた。いつの間にか俺は、二人に背中を預けることが恥ずかしくなくなっていったんだ。

　リズム隊である二人の演奏に、俺の声を乗せたい。スタジオで練習を重ねる度に、俺たちは心を近づけた。

　そう言えば、あの時も進路を決めなければならないってタイミングだった。

　こいつらがバンドを組もうって誘ってくれたんだったよな。あの時、翔也が一緒の高校に通おうって言ってくれたから、俺たちはクラスメイトになれたんだよな。

　俺が感慨に耽っていると、律人が切り出した。

「僕たちってさ、音楽以外は、まるで趣味も合わないよね」

「本当だよな。オレたちが、よくバンドなんか続けられたよな」

翔也が手を後ろについて、天井を見上げる。

「そんなの、二人が頑張ってくれたからに決まってるだろ。最初の頃の俺なんか、悪態ついてばっかりだったし。感じ悪かったよな？」

俺は本心を打ち明ける。

「そうか？　それも、六樹の魅力の一つだろ」

翔也は不思議そうに首を傾けた。

「はあ？　何だよ、それ」

「そのひねくれっぷりに、オレは逆に興味をそそられたんだよ」

律人が首肯する。

「そうだね。六樹の場合は、口だけじゃなかったから。あのギターと歌声を聴かされたら、認めるしかなかったもんね。よく翔也と塾で話してたんだ。これは凄いバンドになるぞって」

「ああ、言ってたな」

二人は愉快そうに、腹をゆする。

そして、律人は真剣な面持ちになった。

「だからこそ僕は、二人に言い出せなかったんだ」

俺は翔也の顔を見た。翔也は笑っていた。

「何だよ？　何をオレたちに言えなかったんだ？」

「僕は……ずっと二人に嘘をついていたんだ」

俺は、気になっていたことを口にした。

「それは、進路のことか？」

律人が静かに息を吐いた。

「六樹は、お見通しだったか」

「律人の持っていたチラシを見ちまったんだよ」

「そうか……知っているんなら、もう隠す必要もないね」

律人は土下座をする。

「ごめん！　僕からバンドに誘ったくせに、僕はもうバンドを続けられない」

想定よりもすんなりと、律人の言葉が胸に入ってくる。

「なあ、律人？　それって、遠方の医大に通うからってだけだよな？」

「いや、距離の問題だけじゃないよ。実際、勉強だって大変だと思うし」

翔也が残念そうに、拳を床に打ち付けた。

「だろうな。医者になろうって言うんだったらな」

律人は、俺たちをじっと見据えていた。

「さっき六樹の部屋で、子供の頃に好きだったロボットに触れて、思い出してしまったんだ。自分の最初の夢が、医者だったってことに」

俺は冷静に会話を続ける。

「うん、それで？」

「母さんに押し切られて、地方の医大の推薦入試を受けることにした。でも、二人に相談していなかったし、言い出しっぺのくせにって、負い目を感じて言い出せなかった。だけど、母さんの意向を受け入れたのは、本当は僕もどこかで夢を忘れていなかったのかも」

俺は考えていた。辞めないでくれと縋りつくのは簡単だ。でも、それじゃあ余計に律人を悩ませてしまうだろう。律人はずっと母親と俺たちとの関係の間で、板挟みになっていたのだろう。

俺たちの知らないところで、律人は心を痛めていたんだ。だから、俺はこれ以上、律人をスプライツという存在に縛り付けておけない。

「律人の気持ちは分かった」

「六樹？」

俺は立ち上がった。

「律人がどんな選択をしようと、俺は止めない。でも、今ここで決断しなくていい。だって、こんな変てこな世界でバンドが解散するなんて、笑い話にもならないだろ？」

翔也も立ち上がって、

「ははは、六樹の言う通りだ」

と、相槌を打った。

「じゃあ、僕はどうすればいいのさ？」

俺だって考えなしに、こんな提案をしたわけではない。

こちらに来てから、どんどんとぎこちなくなる俺たちの関係に悩んで悩んで悩みまくって。そして今、辿り着いた一つの答えがあった。

「スプライツで卒業ライブをやろうって決めただろ？　その打ち上げで答えを聞かせてくれ」

「でも、それじゃあ、受験は終わってるよ……」

「いや、だから医大には行けよ」

「えっ？」

律人が虚を衝かれたという顔をする。翔也は口角を上げていた。

「そんなふわっとした気持ちじゃ、バンドに集中できないだろ？　だったら律人が納得するまで挑戦してみて、ダメなら帰ってこいよ？」

「僕のワガママで、二人にそんな迷惑を掛けられないよ……どっちに心変わりするかも、分からないじゃないか」

「それでも、待つ価値はあるんだよ」

律人は、目を見開いた。そして、唇を震わす。

「僕がいない間のベーシストは、どうするのさ？」

俺は、かつて売り言葉に買い言葉で律人に言い放ったことを思い出した。

「そうだな……まあ、口論になった時に冗談っぽく言ったことがあったけど、庄條さんにベースを覚えてもらうよ」

律人の眦には涙が浮かんでいた。

「なるほど、彼女か……本当にその話を受けてもらえるんだったら、僕も安心なんだけどな」

翔也が茶々を入れる。

「それって六樹が庄條さんと一緒に居たいだけじゃないのか？」

「うるせえ！　ちげぇよ！」

だが、庄條さんにも選ぶ権利はあるのだ。バンドを続けるために、色んな事態を想定しておくべきだ。

俺は何があっても絶対に、このスプライツという看板を護るのだ。

「だからさ。律人がどうしたいか、卒業ライブの後に聞かせてくれ。バンドに籍を置いていくか。それとも、スプライツから卒業するのかを」

「僕の選択次第で、卒業ライブの意味合いが変わってしまうんだね」

「そう、気負うなよ。なるようになるだろう」

楽しかったスプライツのステージが、グルグルと俺の頭を回る。

時にそれは、信じられないくらいに煌(きら)びやかで。

時にそれは、触れられないくらいの熱を帯びて。

時にそれは、身を切り裂くような痛みを伴って。

そうやって俺たちとオーディエンスが紡ぐ軌跡は、熱く燃え盛っていくのだ。

あのステージに返り咲くために、俺はどんな手段を使ってでも、このゲームをクリアしてやるんだ。

スクリーンに映し出されたスプライツの演奏が、まるで映画のクライマックスを盛り上げるＢＧＭかのように、俺たちに注がれる。

だから、これで終わりじゃない。これは、俺たちにとって始まりだ。

スプライツという枠を越えて、俺たち三人が、真の友情を結ぶ始まりなんだ。

第二章　それぞれのパスコード

俺たちは翔也の部屋を後にした。

律人は俺たちの説得に応じてくれた。スプライツの誰かが、このゲームで勝ち残り、この呪いを終わらせるんだ。勿論、俺は二人に優勝を譲る気はさらさらない。

だが、警戒しなくてはならないのは、三柴を仲間にしている岩崎さんだろう。

律人曰く、岩崎さんの発言は意味深だったようだしな。

それに三柴も去り際に、俺に忠告をしていった。

「次は当たらないって、あれはどういう意味だったんだ？」

俺が悩んでいると、翔也が肩を叩いてきた。

「そうだ、六樹？　庄條さんの勧誘は、どうなったんだ？」

いけねえ。律人のことでバタバタして、その件は報告していなかったな。

「それなんだけどな。庄條さんの部屋には行ったんだけど、留守だった」

「そうか。でも、まだ誰もドロップアウトしていないんだ。庄條さんも無事ではいるんだろ」

「そうだといいんだけどな」

庄條さんはオルゴールを連れて、善意の魂が幽閉されている場所を探しに出かけたらしいと、悪意は言っていた。そんな場所は当然、マップに載っていない。

みんなが初めに飛ばされた部屋だけは、マップで確認できる。しかし、その後の足取りは分からない。誰がどこに攻め入ったか、予測して動かないといけないな。

俺は、ある懸念を口にする。

「なあ？　このゲームが始まってから、まだ大森さんの顔を見てないよな」

大森さんが飛ばされた部屋は、ベッドルーム。つまり寝室となっていた。

だが、翔也が神妙な顔つきになったので、俺は嫌な予感がする。

「翔也？　お前、大森さんに会ったのか？」

「いや、そうじゃないんだけど。実はな」

翔也は地図を広げながら、

「律人の部屋に行ったら、南京錠が掛かっていたんだよ。それで一度引き返して、大森さんの部屋が近かったから、ちょっと探りを入れようとしたんだよな」

ほう。俺と悪意が対峙している間に、そんなことがあったのか。

「それで？　大森さんの部屋には、誰も居なかったってことかよ？」

翔也は、不思議そうに首を傾げた。

「いや、そもそも無かったんだよ。ベッドルームなんて部屋は」

「はあ？　ベッドルームが無いだって？」

「ああ、そうだ。このマップが示す場所に、部屋なんか存在しなかったんだ」

「じゃあ、地図が間違っているってことなのか？」

「さあな、オレが訊きてえよ」

翔也は嘆息してから、続けた。

「仕方がないから、もう一回、律人の部屋に戻って、扉の前にあったものを、あれこれどかして探してたら、鍵が見つかって部屋に入れたってわけだ」

「そうだったのか……じゃあ、大森さんは、俺たちに会えない事情があるってことか」

律人は顎に手を置き、

「悪意が地図にダミーの部屋を載せたってことなら、何か裏がありそうだね」

「大森さんの部屋が、知られたくない場所だってことなのか？」

ふと、律人が目を細めた。

「律人、どうした？」

律人は、俺の顔をチラリと見やって、

「ねえ、あれを見てよ？」

と、廊下の先を指さした。

「何だ、あれは？」

空中を浮遊している物体。それは、怪しげな柄がプリントされた風船だった。

「おいおい、何でよりによってターゲットマークなんだよ？」

と、ふわふわと軽やかに漂う風船に向け、翔也が発砲する。

「やったか？」

放たれた弾丸は、ターゲットマークを射抜いたかに見えた。だが、不思議なことに弾丸は宙を舞う物体を擦り抜けて、その向こうにある壁にめり込んだ。

「どうなってやがるんだよ？」

翔也は瞠目（どうもく）する。

そして、その怪しい風船は、意思を持っているかのような動きを見せる。

「何で風も吹いてないのに、あんな風に曲がるんだよ？」

まるで誰かに操られているがごとく、浮遊する物体が曲がり角を折れた。

「あっちって確か」

律人は、マップを見つめ、

「どうやら書斎がある方向だね」

「書斎って、岩崎（いわさき）さんの部屋だよな？」

危険な匂いがプンプンしてくる。

すると、翔也が薄い唇を噛（か）み締める。

「岩崎さんの仕業なら、罠なんじゃないのかよ？」

「だとしたら、安い挑発だよな」

「どうする、六樹」

「どうせ、いつかは撃たないといけない相手だぜ？」

それに、この世界が夜になる前に、あと二つのゲームをクリアしなければならないのだ。

「三人で束になって掛かれば、何とかなるだろう」

翔也と律人も頷き、賛同してくれたようだ。

結論の出た俺たちは、急いで風船を追っていく。

だが、廊下の中央に佇んでいる不審な人影が、風船の紐を指で掴んだ。

蛍光色の派手なつなぎ衣装のピエロのお出ましだった。

「その風船をよこしたのは、お前かよ」

これは、三柴の単独行動なのか？　いや、どこかで岩崎さんが俺たちの行動を見張っているのか？　あの風船は、何なんだ？

と、ピエロはすっと部屋のドアを指さした。

「部屋に入ってみれば、分かるよ」

「そんな見え見えの罠に、誰が引っ掛かるかよ」

ピエロは首を左右に振る。

「君たちがこの力に抗うことはできないよ」

三柴は、どうしてこんなに余裕があるんだ？

「六樹！　ぶち込むぞ！」

と、翔也の銃口が火を噴いた。

「当たらないって言ったよね？」

先程の風船よろしく銃撃は、三柴の体を擦り抜けて行った。

「はあ？　何で当たらねえんだよ？」

俺たちが驚愕していると、三柴の手にあった風船が変形し始めた。

「おい、風船が膨らんでいくぞ？」

風船は巨大化するなり、俺たちを押し潰そうと言わんばかりに迫ってくる。

「引き返すか、六樹？」

「いや、このスピードじゃ、どのみち避けれないだろ？」

俺たち三人は、咄嗟に引き金を引く。だが、また無駄撃ちになってしまった。

「だから、どういう理屈なんだよ？」

いよいよ風船とぶつかりそうになったので、俺が手を伸ばすと、

「冷てえぞ？　何だ、こりゃ？」

凍てつく感触が指先に走る。そして、逃げ出すことも叶わず俺たちは、その得体の知れ

ない球体の中に、すっぽりと飲み込まれてしまった。

「くそっ、鬱陶しいな」

風船の中は、水に沈められたような感覚だったが、不思議と息はできた。

俺は風船の内側からの銃撃を試みたが、ただ壁に発砲しただけの格好になった。

俺が三柴を見やると、彼は手を振って、

「いってらっしゃい」

と、告げたのであった。

すると、風船は弾けて、俺たちの目の前には、四方を取り囲む大きな書棚が現れた。

「はあ？　一体どうなってるんだよ？」

室内は膨大な書物で埋め尽くされており、今にも崩れ落ちてきそうな程の圧迫感だ。

廊下に居たはずの俺たちは、どういうわけか書斎の中に移動してしまったのだ。

「あの風船が、ドアの中と繋がっていたってことか」

「ふふふ。その通りなのです」

どこからか女の子の声が聞こえて、俺たちは部屋中を隈なく見回す。

だが、人の気配など、どこにも無かった。

「ようこそ、私の書斎へ。歓迎するのです」

場内アナウンスのような声だけを送り、魔法少女は一向に姿を見せない。

「俺たちに何をした？」

「何をしたか。そうですね。私の授かった力を試す、実験台でしょうか」

「何だと？　お前はどんな力を得たって言うんだよ？」

「では、改めて自己紹介をしておきましょう」

と、突如として岩崎さんが、俺たちの目の前に現れた。

「お前、どこから出てきたんだよ!?」

岩崎さんは、おでこに手の甲を軽くつけて、

「ふふふ――私は、魔法少女【少女ふぜゐ】ちゃんなのです！」

と、決めポーズを取った。

場違いな笑顔を振り撒いて、魔法少女はステッキで宙をグルグルと掻き回す。

「何が【少女ふぜゐ】ちゃんだよ……」

だが、彼女の佇まいからは自信が漲っており、さながら少女アニメの主役みたいなオーラを纏っている。

少し見掛けなかった隙に、彼女に何らかの変化があったことは間違いなさそうだ。

ふと翔也が、

「本当に魔法が使えるようになったって、言うんじゃないだろうな？」

先程からの怪現象が、彼女の異能力によるものだとすれば、確かにそれは魔法と呼んで

いい代物だったかもしれない。

でも、そんなけったいな力を、どうやって手に入れたって言うんだよ？

「そうですね。考えてみて欲しいのです。こちらの世界に来て、私たちはそのような不思議な力を、間近で見てきたではないですか」

律人の眉間に皺が寄った。

「それって……オルゴールのことかな」

「そうか。確かにあいつは、飛び道具みたいな技を使ってやがったな」

魔法少女が顔の前で、グーサインを作る。

「お見事なのです。でも、オルゴールの力の出どころは、一体何なんでしょうね？」

俺はハッとした。あいつらぬいぐるみは悪意の化身と言うべき存在と聞いた。

「そうか。あいつの力の根源は悪意か。だとしたら、力を与えたのは悪意の白雪舞輪かよ」

律人が唇を噛んだ。

「じゃあ、僕にそちらにつけと言ったのは、白雪舞輪を味方にしたからだったのか？」

岩崎さんは、得意げに首肯する。

「白雪様の計らいで、このステッキに特別な力を宿してもらったのです」

「何で、あいつがお前の味方をするんだよ……」

岩崎さんが悪意と通じているのは間違いなさそうだが、あいつが自分の誹謗中傷を促した犯人に加担する理由が分からない。

「それはですね。きっと私に、大変な見所があったのです」

キャピッと頬に手を当てて、魔法少女が照れ顔を披露する。

「差し詰めあいつは、岩崎さんが隠し持つ強大な悪意に目を付けた……ってところか」

オルゴールや悪意の白雪舞輪が有する能力の根源は、やはり悪意そのものなのか。

「三柴に銃弾が効かなかったのも、岩崎さんの異能力の影響か。でも、魔法だなんて、発動条件があるくらいのハンデがないと、不公平だろうが」

と、魔法少女が、首を傾げる。

「条件もクソもないのですよ。たとえば、ほら」

そう言って魔法少女が、ステッキを振る。

「おい、六樹そこから離れろ！」

「えっ？」

突然のことで理解が及ばなかったが、俺の隣にあった書棚が倒れてきた。

「さあ。分厚い書物の山に埋もれて、肉塊になるがいいのです」

バサバサと俺に何十冊もの書物が降り注ぐ。あまりに突然のことで、俺は顔に当たらないように、眼前に腕を構えるのが精一杯だった。

「ボサっとしてるんじゃねえよ！」

俺は駆け寄ってきた翔也にマントを掴まれ、横に投げられた。間一髪のところで、俺のいた場所に棚が転がり、とんでもない音を立てた。

「あー、外しちゃいましたか。てへっ」

岩崎さんは、拳で自分の頭をコツンと叩いてみせた。

「危うく下敷きになるところだったぞ……」

あんな頑丈な書棚を触れずに倒すと言うのだ。オルゴールと同等の異能を授かったとみて間違いない。

「くそっ、あれは本当に魔法なんだな」

「ふふふ。羨ましいですか？　私がイメージした通りの現象が起こる。ただそれだけですよ」

魔法少女は、すっかりご機嫌だ。

「そんなもん、何でも有りじゃねえか……チートにも程があるだろ」

書棚を倒したことも、風船を使って俺たちを転移させたことも、岩崎さんが念じたことだって言うのか。

もし、彼女のイメージをすべて魔法で実現できるのなら、はっきり言って、とんでもない脅威だ。

「ある意味では、魔法よりも性質が悪いだろ」

彼女の想像力が豊かであればある程に、俺たちに降り掛かる現象が、どんどん悪質になるってことなのだから。

「ね？　実力差を理解できましたか？　大人しく、この魔法少女【少女ふぜゐ】ちゃんに平伏するのです」

確かに俺たちと彼女の間には、まざまざと見せつけられた絶対的な能力差がある。勝機は薄いだろう。だが、だからと言って諦めるわけにはいかないんだ。

「俺は、負けられないんだよ！」

苦し紛れに、俺は魔法少女の顔を目掛けて発砲してみた。

「あらあら、無駄な足掻きは見苦しいのです」

銃弾が彼女の体を捉えることはできなかった。

「ちくしょう、何で当たらないんだよ？」

だが、そこで俺に疑問点が生まれた。そもそも岩崎さんは、何で魔法攻撃ばかりに頼るんだ？　物理攻撃と併用すれば、一捻りで終わるはずだ。

それなのに、こんな遠回しの攻撃ばかり仕掛けるのは、どういうことなんだろうか。

俺は閃いたことを、律人に耳打ちをする。

「なあ、律人の意見を聞かせてくれ。さっきから岩崎さんは、魔法技ばっかりで、銃やステッキでの攻撃を避けているように思わないか？」

「なるほど。六樹はこう言いたいわけ？　彼女は、武器で攻撃をしてこないんじゃなくて、できないんじゃないかって」

「ああ、そんな気がするんだ。それってさ、どういう理由が考えられると思う？」

律人はしばし考え込んで、

「今目の前にいる岩崎さんが、本物じゃないとか」

「ああ、やっぱり律人もそう思うか……」

俺の疑念は深まっていく。

岩崎さんは魔法を使って、自分と三柴の分身体を動かしている。

そう考えれば、こちらの攻撃が当たらないことも頷ける。

翔也が、俺たちの会話に口を差し挟む。

「その推測が当たっていたとしてさ、あいつの本体はどこにいるんだ？」

「さあな。でも、俺が逆の立場だったら、別の部屋から覗くよな」

岩崎さんが、痺れを切らした。

「何をペチャクチャ喋ってるのですか？」

みんなを書棚の下敷きにしたところで、奴の本体が襲撃する算段なのだろう。

彼女に撃ち抜かれて、三人ともぬいぐるみになる悲惨な未来しか見えない。

何とか、安全圏で戦況を見つめている本体を、引きずり出してやらないとな。

「さあ――私の悪意の力に沈むがいいです！」

岩崎さんが発した言葉で、俺はある事に思い至った。

「そういや、オルゴールも悪意の白雪舞輪も、元はと言えば、人間の悪意が生み出した存在だったよな。じゃあ、こいつから悪意を取り除いたら、どうなるんだ？」

律人が、俺のその言葉に反応した。

「そうか……これが彼女の悪意に反応して発動している力なんだとしたら、その悪意を絶てばいいんだね？」

だが、翔也だけは、乗り気じゃなさそうだ。

「でも、今の岩崎さんから悪意を取り除くなんて、できると思うか？」

確かに、秘密を暴露されてからの彼女は、非道の限りを尽くしている。まさに悪意の中し子とでも言うべき振る舞いだ。

闇堕ちした彼女の心を動かすことは、容易ではないだろう。

それに、この異能を得た彼女は教室に居た時とは打って変わって、実に生き生きとした表情をしている。

憧れた物語の中の魔法少女になれた自分。その圧倒的な力に酔っているのだろう。

だが、俺たちの予想が正しいとすれば、彼女の力は魔法とは少し違う。あれは、人間の悪意を媒体にした異能だ。そんなものを、魔法とは呼べない。

「律人を説得した時みたいに、やってみようぜ」

俺は、律人と翔也に目配せをする。

「無茶だ、六樹。言っちゃ悪いが、彼女の心はもう人間のそれじゃないぞ……」

翔也が顔を俯ける。翔也は、岩崎さんが、もはや人の心を捨て去った化け物になったんだとでも言いたげだ。

でも、彼女にはまだ人間の心が残っていると、俺は賭けたいのだ。

それこそ彼女に力を授けた、悪意の白雪舞輪のようにな。

「俺が、彼女と話すよ」

俺は、ふうっと、腹に溜めた空気を吐き出した。

「岩崎さん？　ちょっと俺と話さないか？」

「この期に及んで、私に話し合いに応じろと言うのですか？」

俺は、リアルで彼女と話した内容を思い返していた。

「お前は、俺たちとハロウィンパーティーに参加しようって、約束していたよな」

「それが今、何の関係があると言うのですか？」

彼女がステッキをグッと握った。

「いや、俺には、あの時の岩崎さんが、喜んでいるように思えていたんだよ」

「ちゃんちゃらおかしいのです。それは自惚れなのです」

「もし、本当に俺たちと岩崎さんと三柴で、あのハロウィンパーティーに参加できていたら、楽しかったんじゃないかな？」

「そんなわけないのです！　黙れなのです！」

と、岩崎さんが、敵意を向けてくる。構わず俺は続ける。

「確かに岩崎さんは、やり過ぎたと思う。でも、まだやり直せるんじゃないか？」

「私は何も間違えてなどいないのです。間違いだらけなのは、世界の方です！」

「これだけ説得しても、お前は自分の過ちを認められないのかよ？　死んでしまったら、もう挽回（ばんかい）のチャンスなんてこないんだぞ……？」

病床で歌う庄條（しょうじょう）舞輪の顔が、俺の頭を過（よぎ）った。

「だからさ、魔法少女になんかならなくたっていいじゃないか？」

「いい加減にするのです……」

と、翔也の叫び声が響いた。

「六樹！　まずい！　交渉決裂だ」

四方の書棚が浮き上がり、俺の頭上に舞う。

律人が俺の肩を叩（たた）いてくる。

「もう、よそう。岩崎さんには、六樹の想（おも）いは伝わらないよ」

だが、俺は首を振る。

「どのみち、こいつを説得しないと、勝ち目なんてないだろ？」

岩崎夏鈴の悪意の根源は、自己承認欲求だ。だったら、それを埋めてやるしかない。

「岩崎さん、変なプライドは捨ててさ。学校で三柴とも仲良くしようぜ。それで、俺たちとも普通に接すればいいじゃないか」

俺には、彼女の発言で水に流せないこともあった。だが、これからの彼女の行い次第で、俺が彼女を許せる日は来ると思うのだ。

「何度だって言ってやる。岩崎さんは、世の中を正すよりも、自分自身を変えるべきなんだ」

岩崎さんの肩が揺れる。すると、俺の頭上に書棚が迫ってきた。

「上から目線のお説教は、その辺にして欲しいのです！」

落下する書棚が、俺にぶつかる間際だった。

「――小鳥遊君の言う通りだよ！」

すんでのところで書棚は、俺を避けるようにして、床に倒れていった。

どうやら三柴の分身体が、室内に入ってきたみたいだ。

俺は彼を振り返って、

「俺の肩を持ってくれたってことは、三柴も本音では、ずっとそう感じていたんだよな？」

「うん……俺っちは、ファンとして誰よりも推しの良さを知ってる。だから、みんなの前で、そんな素敵な彼女の一面を引き出してあげられるんじゃないかって……思ってたんだ」

岩崎さんは顔を俯けて、三柴の顔を見ようとしない。

「岩崎さんが人生を悲観することなんかなかったんだ。だって、こんな近くに、お前の理解者が居たんだよ」

三柴は、推しとファンの関係を忠実に守ってきた。だが、三柴だって男だ。頭では分別できているつもりでも、心は彼女の魅力に抗えずにいたはずである。

三柴は、本当はもっと彼女に近づきたかったんだと思う。

「そうですね……」

岩崎さんが口を開いた。

「分かってくれたみたいだな」

「ええ」

だが、俺は顔を上げた彼女を見て、戦慄した。

「三柴くんが裏切り者だということが、今はっきりと理解できました」

魔法少女は怨嗟に顔を歪め、文字通り悪意を宿したようだった。

「ひいっ……」

三柴は尻餅をついた。

「とりあえず、あなたたちのことは、どうでも良くなりました。私が先に撃つべきは――」

ステッキを三柴の鼻に向ける。

「――この裏切り者なのです」

すると、岩崎さんと三柴の姿が、段々と透けていく。

「おい、三柴をどうする気だ？」

「決まっています。ぬいぐるみにしてやるのです」

三柴は彼女の意向を受け入れたように、天を仰いだ。

すると、岩崎さんの姿が、先に書斎から蒸発した。

「小鳥遊君、心配してくれてありがとう。でも、俺っちも、君に謝らないといけないんだよね」

「そんな話は後だ。いいから、お前が今どこにいるか、教えろ」

三柴の姿も消え掛かる。

「俺っちがいるのは、ガレージだよ」

そう言い残して、三柴の姿も消滅したのであった。

翔也が、俺の肩を掴んだ。

「どうする気だ、六樹？」

「三柴を助けよう」

律人が嘆息する。

「本当に六樹は、お人好しだね。彼を助けたって、最後は誰が生き残るか決めないといけないんだよ？」

「それでも、こんな形であいつが、岩崎さんの餌食になるところを黙って見過ごせない」

そう言い切ると、二人も納得してくれたようだった。

俺たちは、大急ぎで三柴が居るというガレージに向かった。

そこは建屋を出た先にある。

「ここだよな？」

西洋風のガレージは、洒落た内観をしていた。

いかにも男心をくすぐるような大型バイクが数台並んでいる。

天井は、木の角棒を重ねて仕切られており、屋根が見えるような造りになっていた。そこに絡まるようにコードが巻き付いており、複数の豆電球が室内に明かりを送る。

壁際には、梯子などの日用品が乱雑に並んでいた。だが、三柴の姿は見当たらない。

パスコードの開示がないってことは、まだ三柴は生存しているはずなのだが。

「別のところに逃げたか？」

だが、俺の目に、妙なものが映る。奥の方に目を凝らすと、毛布を被った木箱があった。

翔也が、俺に耳打ちする。

「あれって廊下にあった箱と同じだよな？」

「ああ、間違いねえよ」

さっきはあれを見落としていたおかげで、奇襲を受けたんだ。忘れるはずがねえ。だが、俺たちが周囲をうろついていると、箱の蓋が浮き、赤い球がちょこんと飛び出した。

おそらくそれは、ピエロの仮装をした三柴の赤っ鼻だろう。

俺は律人と翔也に目配せをして、

「そこにいるのかよ、三柴?」

俺たちは箱に近づき、毛布を引っ剥がして、蓋を開けてやった。

やはり箱の中で息を潜めていたピエロの姿があった。

「ようやく見つけたぞ。今度こそ実体だな?」

「うん……」

だが、その瞬間、俺の頬を銃弾が掠めていく。幸い肌に触れることはなかったが、天井に当たった弾は、豆電球を破壊した。

パラパラと床に落ちる破片を背に、俺は自分に銃を向けるピエロに訊く。

「何でいきなり撃つんだよ?」

「ごめんよ、小鳥遊君。でも、俺っちは、やっぱり彼女を見捨てられないんだ」

「あいつに反旗を翻したのは、お前の方だろ」

「そうだけど……もう自分でもどうしたいか、分からないんだ!」

彼の表情からは、苦悩する様子が、ありありと伝わってきた。

「そんなに、推しが大事かよ？」

「推しは、もはや自分のアイデンティティなんだよ。だから俺っちは、捨て駒でいいんだ！」

「三柴、冷静になれ。彼女のやっていることを、好意と切り離して考えろ。これは、世直しなんかじゃない。自分が認められないことに対する、リアルへの報復だぞ？」

「それでも俺っちは、彼女を孤立させたくないんだ！」

　三柴は声を荒らげ、俺を突き飛ばす。

「うおぉ！」

　唸(うな)り声(ごえ)を上げ、翔也の方に向かっていく。

「来る気かよ？」

　翔也が、引き金に指を掛ける。

「これは、彼女の世直しなんだ！」

　と、三柴が叫ぶと同時に、甲高い銃声が鳴った。

　俺は、翔也が攻撃したのだと思っていた。しかし、翔也が眉をひそめたのを見て、すぐに違うと理解した。

　ドサッと、ピエロは、地面にうつ伏せで倒れた。肩を押さえて、無様に呻(うめ)く。

「彼女を裏切ったのは俺っちなんだから、撃たれて当然だよね……」

　天井に蠢(うごめ)く影が見えた。

「――今更、庇われたところで、不愉快なのです」

天井裏に隠れた魔法少女が、こちらを見下ろしていた。

倒れた拍子に、三柴の赤っ鼻が、翔也の足元に転がった。

その鼻先には、ターゲットマークが刻印されている。

「ははは。これで俺っちの的が、丸見えになっただろ？」

ピエロは、自虐的に笑った。

翔也は、三柴の付けっ鼻を拾って、

「六樹。せめて三柴を、オレが撃っていいか？」

俺は頷いた。

「ああ、任せる」

だって、このまま岩崎さんにやられるなんて、三柴が報われないだろう。

だから、俺たちの手で、三柴を楽にさせてやるんだ。

「小鳥遊君……俺っちの秘密を観ても怒らないで欲しいな」

「ああ、しっかり見せてもらうぞ」

俺が返答すると、翔也はクールに、三柴の鼻を撃ち抜いた。

「俺っち役立たずでごめんね、岩崎さん……本当にごめん」

何度も推しへの懺悔を口にした三柴は、

BLAM

「あがっ」
と、悲痛な声を上げるや、やがて人らしからぬ体毛に覆われていく。
「罪滅ぼしに、もっと課金を……課金しなきゃ」
そんな償いを呟きながら、三柴の体はみるみる縮んでいく。
それは、リアル世界の肝試しで見た場面だった。人がぬいぐるみにされていく瞬間だ。
そして、俺たちの頭上には、あのブラウン管テレビが顕現した。
【カッカッ！　ようやく一人、脱落したか！】
脳内に、オルゴールの声が響き渡る。
【じゃあ、三柴太揮の秘密を、じっくり堪能しろや！】
すると、砂嵐だった画面に、制服姿の三柴の姿が映し出される。
『あの浦井さん、ちょっといいかな……』
どうやらそれは、俺たちのクラスの教室のようだった。
みんながガヤガヤと騒いでいることから、休憩時間だろうか。
浦井たちは気怠そうに言葉を交わしながら、ポチポチとスマホを弄っていた。
『はあ？　なに？』
浦井に凄まれて、三柴は目を逸らした。
『えっと……浦井さん、うちのクラスの庄條さんって知ってるかな？』

『はあ、庄條？』

浦井は、しらばくれているわけじゃなさそうだ。

病弱で休みがちだった庄條さんのことなど、本当に興味が無かったのだろう。

『覚えてないかな？　ずっと休んでる女の子なんだけどさ』

『あっ、あのキモイ喋り方してる中二病の奴かよ？』

ようやくピンときたようだ。

『で、そいつが何？』

浦井の態度は、相変わらず喧嘩ごしだ。

『ちょっと、これを観て欲しいんだけど』

三柴は、スマホに映った彼女が、『ロキ』を歌う動画を浦井に見せた。

『何これ、ウケる。あいつじゃん』

浦井は、最初こそ手を叩いて笑っていたのだが。

『は？　なにこの再生回数？』

彼女の動画が話題に上っていることに、引っ掛かったようだ。

『彼女の動画、バズってるみたいだよ。応援してあげない？』

浦井は不服そうに、三柴の持っていたスマホを叩いた。

『するかよ、バーカ』

浦井は、自分のスマホを弄り始めた。

『でも、彼女頑張ってるみたいだしさ』

浦井はバンと、手で机を叩く。

『はあ？　むしろ、不愉快だって。こんな下手くそな歌で、何でこんな《いいね》を押されてるわけ？　世の中、バカしかいないの？』

浦井は、誰かに連絡を取り始めたようだ。

『誰に連絡してるの？』

『誰でもいいだろ。あっ、そうだ。あんたもさ、コメント欄に「糞曲じゃん」って書き込んでおいてよ？』

『えっ？　そんなことできないよ……』

『なによ、あんた。私に口ごたえすんの？』

『いやでも……』

『ほら、今ここで書き込みしなよ』

『あっ』

浦井が三柴のスマホを取り上げ、コメント欄に書き込みしている。

『打っといたから。送信は自分でしな』

『糞曲って、感じ悪くないかな……』

『はあ？　こいつが勘違いしないように、私たちが本当の評価を伝えてあげようってことじゃん。だから、むしろこれは――』

浦井は、サムネイルの少年のような不気味な笑い方で、こう言い放った。

『――善意だって』

最高に後味が悪かった。何が善意なものか。こんな卑劣な行為は、正真正銘の悪意だろう。

そして、映像は続き、最後に三柴と浦井から被写体が切り替わった。

俺は、ブラウン管から目を背けそうになった。だって、画面に映っていたのは……。

『ふふふ』

自席に座り、本で顔を覆った女の子が、愉快そうに口元を緩めていた。

その隣には、俺が退屈そうにして、机に突っ伏していた。

そうだ。三柴たちのやり取りを嬉しそうに見つめていた奴は、岩崎夏鈴なのだ。

程なくして画面は、再び砂嵐に戻ったのであった。

言い知れぬ感情が胸の内を支配する。誰にこの怒りをぶつけるべきか。

図らずも俺は、彼らの犯行現場に立ち会っていたのだ。

自覚なんかしていなかった。知っていれば、止めていたのではないだろうか。

「三柴が……浦井に庄條舞輪の動画の存在を教えた、実行犯だったのかよ」

三柴が自責の念に駆られ、俺に謝りたかったと言っていたのは、このことだったのだろう。

非情な事実を知り、俺は憤る。

律人が悔しそうに、

「彼が浦井さんに動画を教えたのは、おそらく岩崎さんが配信で頼んだからってことだよね」

「そうだろうな。でも、三柴の方は、推しの願いを聞き入れてしまったことを悔いていたんだろう……」

今更こんな裏話を聞かされたところで、善意の魂だって浮かばれないだろ。

だが、その時、ぬいぐるみになった三柴に、異変が起こった。

「何だよ、撃たれた仕返しか？」

翔也が身構える。

愛らしい馬のぬいぐるみとなった三柴が、ムクリと起き上がった。

「来る気かよ？」

だが、ぬいぐるみは、翔也の脇を素通りする。

「えっ？　どうなってるんだ？」

拍子抜けする翔也をよそに、ぬいぐるみは、テクテクと、どこかに歩いていく。

「何だか分からないけど、ついていく価値はありそうだな」

　俺がぬいぐるみを尾行しようとすると、

「でも、岩崎さんは、どうするんだよ？」

　翔也に引き留められる。

　俺は天井裏を見やるが、既に魔法少女の姿はそこになかった。

「どこかに隠れやがったみたいだぞ」

「だったら、また岩崎さんが襲ってくるんじゃないか？」

　翔也が警戒する気持ちも理解できる。しかし、ぬいぐるみの動きも気になる。

「まずは、ぬいぐるみの後を追おう。岩崎さんのことは、後回しだ」

「まあ、六樹（むつき）がそうするって言うなら、俺はついていくぜ」

　律人も静かに頷（うなず）いてくれた。

「じゃあ、見失わないうちに、行くぞ」

　しかし、本当にこのぬいぐるみは、どこに向かおうとしているのだろうか。

「こいつは、誰かに操られているのか？」

「それだったら、オレたちを襲ってくるんじゃないか？」

　律人が、難しい顔をする。

「操られているわけじゃないとすれば、ぬいぐるみには、何か習性みたいなものがあるのかもしれないね」

「ぬいぐるみにされたら、俺たちもこいつみたいに、どこかに引き寄せられてしまうって言うのかよ」

「ついていけば、分かるんだろうけどね」

しばらくして、ぬいぐるみは動きを止めた。

「あんな庭の真ん中で、何をする気だ？」

と、ぬいぐるみは、奇妙な行動を取った。何もない目の前の空間に前足を伸ばしたかと思うと、ポンポンと釘でも打ち込むかのように宙を叩いていく。

ぬいぐるみは微妙に位置を変え、そんな動作を繰り返しているのだ。

「あいつ、何をやってるんだよ？」

俺たちが木陰から観察していると、

「あれ、何か聞こえない？」

コンコンと前足が何かに触れた音がした。だが、依然として目の前には何も現れない。

俺が不思議がっていると、ぬいぐるみの前足と接触した空間が、まるで魔法にでも掛かったように色づき始めたではないか。

「えっ？　一体、何が始まるんだよ……」

俺は息を飲んだ。

淡かった空間の色味が、本来の色彩を取り戻す頃には、庭に聳えるその建物は視認できるようになっていたのである。

突然、目の前に現れたものを見上げて、俺は驚愕する。

外観の石壁のてっぺんからは、何本かの柱が延びて、網状の屋根を支えている。

開放的な屋根から、室内へと光が差し込んでいた。

「これは、何だよ？」

俺が呟くと、律人が付け加える。

「教会とかそういう類のものじゃないかな」

だが、どうしてぬいぐるみが触れるまで、見えない仕掛けになっていたのか。

「こいつは、隠しダンジョンみたいな位置づけってことか？」

と、翔也が思い出したように手を叩いた。

「なあ？　大森さんの仮装って、シスターじゃなかったっけ？」

「そういえば、そうだったよな」

「じゃあ、これって大森さんの部屋なんじゃないのか？」

なるほど。言われてみれば、そんな気もする。

「マップに細工がされていたのは、ぬいぐるみじゃないと、辿り着けない場所だったからってわけか」

律人は腕を組んで、

「大森さんが僕たちと遭遇しなかった理由は、ここから外に出られなかったってことなのかな」

「でも、何でそんな仕掛けを張る必要があるんだよ？」

目の前に現れた教会に対する謎は多い。

「おい、六樹。ぬいぐるみが中に入っていくぞ」

翔也が指をさすと、ぬいぐるみは扉を擦り抜けて行った。

「俺たちも入れるのか？」

俺は扉に近づいて、手で触ってみた。

「これは……」

驚くことに、ぬいぐるみと同様に、俺たちの体は、その扉を擦り抜けた。

俺は思わずよろめいて、呻いてしまう。

「やっぱりここは、教会みたいだな」

回廊を過ぎると、丸く膨らんだ内陣には、多くの長椅子が置かれている。その奥にある階段を上れば、後陣には祭壇が見える。据えられた台の上では、美しい蝋燭の灯が揺れていた。そして最後方は、ガラス張りの窓になっているようだ。

その手前に置かれたアーチ状のオブジェに括りつけられていた人影が目に入り、俺は声を失った。

「庄條(しょうじょう)さん……？」

するとと、動揺する俺に、語り掛けてくる声があった。

「みんな、遅かったのね」

祭壇の上でこちらに背中を向けたまま、シスター服を着た少女が、壁の上側にある窪(くぼ)みに埋められた十字架を見つめていた。

「お前は、大森さんなのか……？」

「ええ、そうよ。来客が少なくて退屈していたところ」

ひょこひょこと、三柴(みしば)のぬいぐるみが大森さんの足元に移動する。

これは、どういう状況なのだろうか。

長椅子には、オルゴールの姿があった。

ロープで縛られた庄條さんは、身動きが取れないようだった。

【カッカッ！　よく来たな！　今ちょうど、いいところだぜ！】

「クックックッ、眷属(けんぞく)よ。我は自分の能力を過信していたようだ」

庄條さんは、魔女のように三角ハットを載せ、漆黒のローブを纏(まと)っている。

だが、その衣装はボロボロになっていた。

「大森さんがやったのか？」

　すると、大森さんはくるりと回って、こちらを向いた。

　そして、神に祈るように両手を重ねて、

「やったのは、私じゃないわ。神に誓ってね」

　言い終えると、庄條さんの背後から、下卑た笑みを浮かべた魔法少女が登場する。

「ふふふ。魔法使いは二人もいらないのです」

「なるほどな。これは、岩崎さんの仕業なのか……？」

　あの魔法少女は、実体の方ってことなのだろう。

「そうなのです。この女を捕らえることが、魔法をもらえる取引条件だったのです」

「悪意が、庄條さんを捕らえろと命令したってことか？　何のためにだ……」

　そして、岩崎さんは、抵抗できない庄條さんの足に、弾丸を撃ち込んだ。

「うっ……」

　と、庄條さんが呻いた。

　だが、岩崎さんは躊躇うことなく、続けざまに庄條さんの頭に銃弾を撃ち込む。

　何発も頭にくらった庄條さんは、さすがにガクリと脱力する。

「庄條さん！」

　俺が叫ぶと、庄條さんは、

「これしき、どうともないわ……」

気丈に言った。

「強がっていられるのも、今のうちなのです」

岩崎さんは、ステッキで、庄條さんの衣装を切り裂いた。

「このまま大勢の前で、裸体を晒すのも悪くないのです」

彼女の言動の横暴さに、俺はカチンときた。

「翔也、律人。あいつの説得は、もう無理だ。それに。俺はもう魔法少女に好き勝手させたくない」

二人が俺の肩を叩いた。

「ああ、分かってるって」

「僕も同じ気持ちさ」

俺は深呼吸をする。

「岩崎は俺がやる。二人は大森の相手をお願いする」

二人が頷いた。俺の全身は、怒りに打ち震えていた。

「岩崎夏鈴！　お前だけは許さねえ！」

「驕らないでくださいますか。あなたに許しを請うつもりなどないのです」

俺は祭壇に駆け上がり、岩崎に殴り掛かった。

「女の子を殴るなんて鬼畜なのです」

「お前はそんなタマじゃねえだろ」

窓ガラスが砕け散り、岩崎が破片と共に、庭に弾け飛んだ。

堂々たる貫録を見せる大森は、俺に見向きもしなかった。

俺は磔にされた庄條さんの耳元で、

「後で必ず助けるからな」

「クックックッ。信じておったぞ、眷属よ」

僅かな言葉だけを交わして、

「妹のことを頼んだぞ……」

と、庄條さんが気絶したのを見届ける。

「ああ、任せてくれ」

そして、俺は外に吹っ飛んだ岩崎に歩み寄る。

「何が世直しだ。お前のその腐った性根を、とことん叩き直してやる」

「やれるものならやってみればいいのです」

魔法少女が、ステッキを取り出し、おでこに手の甲を軽くつける。

「だって私は、魔法少女【少女ふぜゐ】ちゃんなのです！」

もはやお馴染みとなった決めポーズを取った。

岩崎が悪意によって授けられた異能は、確かに鬱陶しい。

「あの魔法を封じないと、苦戦必至だぞ……」

だが、その時だ。思案する俺の耳元で、誰かが囁いた。

「その必要はないさ」

俺は恐怖を感じて、即座にそいつから距離を取った。

ヘッドフォンからは、不快な歌声が音漏れしている。

「やあ、小鳥遊くん」

岩崎に異能力を授けたと言う張本人。悪意の白雪舞輪のお出ましだった。

「お前、何をしにきた？」

悪意は飄々とした物言いで、

「ほら、見てごらんよ。こっちの世界は、清々しい程の晴天だろ。気持ち良さそうだったんで、日光浴でもしようかと思ってね」

軽口を叩く余裕を見せる。

「嘘をつけ。お前はもっと暗い場所が好みのくせに」

「おや、ボクを陰キャ呼ばわりかい」

「それより、何で庄條さんを磔にした？」

「姉さんが目障りだったからだよ」

「お前、自分の姉に向かって」

しかし、悪意は、悲しみに暮れたような目で、俺を睨みつけた。

「姉さんは、善意、善意って、あいつのことばかりじゃないか。ボクだって白雪舞輪なのにね」

俺は何も言い返せなかった。

確かに、元々はこいつだって庄條舞輪の魂の残滓なのだ。自分が姉に消されようとする度に、悪意は家族に見捨てられた気持ちになっていたのかもしれない。

と、そんな不穏な空気の中、岩崎が嬉々として悪意に擦り寄って行った。

「ああ、これは白雪様。私の援護に来てくださったのですね」

岩崎はステッキで、俺を指しながら、

「あいつが無礼な口を利いてくるのです。もっとすごい魔法を使って、こらしめたいのです」

悪意はじっと岩崎の主張に耳を傾けている。

「なので、白雪様。私にもっと強大な力を授けてください」

悪意が、ギロリと眼球を岩崎に向けた。

「ほう。君は、まだ力が欲しいのか？」

「はい」

岩崎が答えると、悪意は嘆息する。そして、手の甲で、

「欲張るなよ、虫けらが！」

　と、魔法少女の頬をぶった。

「ひいっ!?」

　不意打ちをくらった魔法少女は、よろけて尻餅をついた。

　その際にスカートがめくれ上がり、彼女の太ももが露わになった。そこに気になる物が見えて、俺はつい目を引かれてしまった。

「君に手を貸したのは、ゲームを盛り上げるのが理由だったんだ。君はもう用無しなんだよ」

「ど、どういうことなのです……？」

　明らかに悪意はイラついていた。

「だから、君の魔法無双は、ここで強制終了さ」

「そんな……」

　岩崎が項垂れる。

　俺は悪意に問う。

「おいおい、仲間割れか？」

　悪意は、大袈裟に腕を掲げる。

「仲間？　よく考えてくれ。こいつは、生前のボクを愚弄した不届き者さ。ボクがこいつ

かよ」

の味方をする理由なんて、微塵も有りはしないんだよ」

「岩崎に変な力を与えたことも、あのサムネイルの野郎を楽しませるためだったってこと

悪意が頷き、俺は唇を噛み締める。

「何で自分を誹謗中傷させた相手に協力していたのか、腑に落ちなかったけど。ようやく理解できたよ」

すべては、サムネイルの少年への奉仕ってことだ。

「できればボクは、その虫けらに退場してもらいたいね。見ているだけで不快なんだよ」

「そうかよ。じゃあ、俺がお前の代わりに、庄條さんの無念を晴らしてやるよ」

俺は、岩崎に近づいていく。

「やめるのです。私は世直しをするのです」

「お前の秘密は、とっくにみんなにバレてるんだ。何もビビることはないだろ？」

「秘密なんかどうでもいいです。私は暴れ足りないのです。だって私は魔法少女【少女ふぜゐ】ちゃんなのです。私がゲームに勝って、リアルを正してやるのですよ！」

岩崎は憎々しげに、拳で地面を殴る。

「なあ？　お前は、リアルの何がそんなに憎いんだよ？」

「全部です、全部が憎いのです！　私を孤立させた、リアルを許さないのです！」

「甘ったれるな。努力もしない人間に、人が寄ってくるかよ」

「お前に何が分かる！　私は、魔法少女だぞ！」

と、尻餅をついた態勢で、ステッキを掲げる。

「私は、無敵なのです！」

しかし、ステッキの刃先は、ドロドロと溶けていく。

「お前なんか、私の魔法で……」

悪意が肩をすくめる。

「もう君のアドバンテージは、とっくに没収済みだってば」

魔法少女は嗚咽する。

「うるさいのです！　私は、魔法を使えるのです！」

岩崎は、ぐちゃぐちゃに歪んだ顔で、棒だけになったステッキを振り続ける。

「こいつを燃やすのです！　凍らすのです！　風で吹き飛ばすのです！」

俺は岩崎を、哀れんだ顔で見下ろす。

「そんな目で見るな！　私は魔法少女【少女ふぜゐ】ちゃんなのですよ！」

俺は、一心不乱にステッキを振る彼女を見て、居た堪れない気持ちになってきた。

「何で……何で何も起こらないんですか」

異能を奪われたことに絶望した岩崎は、とうとうステッキを持つ手を地面に下ろした。

「これじゃあ、《いいね》がもらえないのです」

「岩崎。もうそんなものにこだわるな」

「嫌なのです！　《いいね》は、他人が私を認めてくれた証なのです」

「俺は、不特定多数からもらう虚構の《いいね》なんかより――」

　俺は瞑目する。瞼の裏には、翔也や律人、そして、庄條さんの笑顔が刻まれていた。

「――大切な仲間からもらう本物の《いいね》を大事にしたい」

　と、俺は目を見開き、岩崎の股の間を狙って発砲する。

「何をするのです。危ないのです」

「あー、狙ってたんだけどな。外しちゃったか」

「狙ってた？　さては、お前……私の的を見つけたのですね？」

　魔法少女はスカートを手で押さえる。

　しかし、俺は、彼女の手をスカートから引き剥がす。

「させるかよ」

　俺は、そのヒラヒラしたスカートの裾をまくった。

「何をするのです！　セクハラなのです！」

「こんなところに、的を刻印する方が悪いんだよ」

　俺は彼女の太ももに、銃口を突き付ける。

「やめるのです！」

「ぬいぐるみになって、自分の愚行を悔いろ」

俺は、引き金を引いた。銃弾が、彼女の柔肌に浮かぶターゲットマークにめり込んでいく。

「クソがぁ！」

岩崎は叫んで俺を押しのけると、地面を這いずり出した。

「嫌なのです。なりたくないのです。私は、ぬいぐるみなんかに……」

彼女の願いとは裏腹に、ぐんぐん全身は毛羽立っていき、

「私は魔法少女【少女ふぜゐ】ちゃんなのです！」

決めポーズを取ろうと手を眼前に掲げる頃には、彼女の体は完全にぬいぐるみと化した。

「しょう……じょ……ふ……ぜ」

力尽きた彼女は、クマのぬいぐるみとなって、コテンと草陰に倒れ込んだ。

だが、頭上にブラウン管テレビは現れなかった。

「そうか。こいつのパスコードは開示済みだったっけ」

俺は、悪意を振り返る。

「どうだ、敵は取ってやったぞ？」

「ご配慮、痛み入るよ」

悪意はこちらに近づいて、ぬいぐるみになった岩崎を拾い上げると、

「じゃあ、小鳥遊くん。ボクが君に《いいね》をあげようじゃないか」

「皮肉をかましてんじゃねえよ」

ふっと悪意が笑った。

「こいつは、《いいね》を欲しがるくせに、どうして他人には《いいね》を押せないんだろうね」

そして、ぬいぐるみをポンと、傾斜のついた地面に放り投げる。

「――だから君は所詮、少女風情なんだよ」

傾斜を転げ落ちたぬいぐるみは、底にあったぬかるみにハマる。泥に浸かったクマのぬいぐるみの右半身が、薄汚い色に染まっていった。

「あーあ、この程度では、憂さ晴らしにもならないね」

悪意はこちらを見やって、

「ところで君は、ここでゆっくりしていて大丈夫なのかい？」

「えっ？　何が言いたいんだよ？」

と、俺が訊き返した時だった。

ぬかるみにハマったぬいぐるみが、スタッと起き上がる。そして、器用に傾斜を這い上がったかと思うと、一目散に教会の中に飛び込んでいった。

「早く追い掛けないと、今度はそいつに大事なお友達が、イジメられちゃうよ?」

「なんだと?」

俺はぬいぐるみを追い掛けて、教会の中に戻った。

「そういうことかよ……」

大森が、三柴の馬のぬいぐるみを従えていた。そして、その輪に岩崎のクマのぬいぐるみが加わっていったのだ。

「翔也! 律人!」

ぬいぐるみになったクラスメイトは、俺たちに牙を剥くようだ。

「ちょこまか、うぜぇんだよ」

翔也が息を切らしている。

ふと、クマのぬいぐるみが、律人に殴り掛かった。

「くそっ」

律人は腕をクロスさせて、ぬいぐるみの攻撃を防いだが、相当な威力のようだ。

すぐに腕を押さえて、うずくまってしまった。

「これじゃあ、いつまで経っても大森さんまで辿り着かないぞ」

俺は背後から、階段に座った大森を攻めようとしたのだが、

「ごめんね、小鳥遊君。私は別に秘密とか、ゲームとか、どうでもいいんだけどさ」

ね」

「なんだと？」

頬杖をつく大森の、まるで戦意の無い態度を見て、俺は面食らった。

「世界なんて、ブッ壊れちゃえばいいって思ってたけどさ。岩崎さんの暴走っぷりを見てたら、興醒めしたっていうかさ。何か、人間ってとことん醜いなって思っちゃったんだよね」

「はあ？　お前だって同類だっただろ？」

「最初は私も、彼女みたいにね。人狼ゲームで真っ先に私を裏切ったあんたたちが許せなかったんだよ。だから、このゲームで、全員撃ちまくってやるって息巻いてたんだけどさ」

「蓋を開けてみれば、ここから出られなかったってことか？」

「そう。何か私には、役割があるとかで、ここで待ちぼうけ。つまんないよね」

そう言えば、大森は銃を持っていない。

「お前、銃も渡されていないのかよ？」

「ああ、いらないから、その辺に捨てただけ」

「捨てたって、お前なあ」

大森は嘆息する。

「だって、岩崎さんが庄條澪って子を捕まえてさ。魔法が使えるようになったってイキってるところを見てたら、私は急に怖くなっちゃったんだよね」

「怖いって何がだよ？」

大森は泣きそうな顔で、俺に問い掛ける。

「ねえ、小鳥遊君。ひょっとして、私もずっと岩崎さんみたいな酷い顔をしてた？」

「自覚はあったのかよ」

大森は、自嘲する。

「そっか。そりゃそうだよね。人の弱みばっかりを握って、ゆすってたんだもんね」

「正直、お前の笑顔は、薄ら寒かったよ」

俺は大真面目に答えてやる。

「ははは。ほんとあんたって、他人にまったく気を遣わないよね」

「おい、それは褒めてんのか？」

「うん、めちゃくちゃ褒めてる。だって、私は……あんなに気を遣ってばっかりだったのに、誰からも好かれなかったんだもん」

うん？　こいつは、何の話をしてるんだ？

と、大森は瞼を閉じて、

「あいつらみたいになりたくないって思ってたのに、あいつらみたいになってたか」

なぜか、満面の笑みを作った。

「へえ、何だよ。お前、今みたいな可愛い笑い方もできるんじゃねえか」

「えっ？　素の私が可愛い？」

大森は素っ頓狂な声を上げ、右手で自分の頬に触れた。

「あんたって、本当に思ったことを何でも口にするのね……」

大森は立ち上がって、ヴェールを剥いだ。

「じゃあ、早く終わらせてよ……」

すると、大森の額には、ターゲットマークが刻印されていた。

「自分で刻印の場所をバラすなんて、どういう了見だよ」

「さあ、何でだろうね。どうせ撃たれるなら、あんたがいいなって思えてきた」

「いや、意味が分からねえよ」

「あんたが私のパスコードを観て、どんな感想を抱くか。ちょっと気になったの」

「ああ、そうかよ。俺は別に他人の秘密なんか覗きたくねえけどな」

だが、俺は銃を握った腕を、大森に向けて伸ばした。

「本当に撃っていいのかよ？」

「うん……お願い」

「分かったよ。人狼ゲームの時みたいに、もう誰も恨むなよ」

彼女の答えを聞いた俺は、そう言って彼女に発砲する。

幕引きを確信した俺は、すっと銃を下ろす。ところが、そうは問屋がおろさなかった。

「なっ⁉」

彼女の周囲には光の壁が顕現し、銃弾は跳ね返されてしまったのだ。

「何だよ、話が違うじゃねえか。結局、お前は俺を欺こうと……」

だが、俺は、大森の反応に違和感を覚えた。

「やっぱり私は、自分の意思じゃ、ぬいぐるみにもなれないんだね」

大森は、悲しげに口を結んだのだ。

「自分の意思ではって、どういうことだ？　その光の壁は何なんだ？」

「さあ？　何か私は、変なことに巻き込まれちゃったわけ」

「いや、そんなあっけらかんと言われても……」

「だって、よく分からないけど、ＱＲコードのホストになっちゃったじゃない？　だから何か、この場所の守護者ってことにされちゃったらしくて」

「守護者？　お前がぬいぐるみになると、何かが起きるのか？」

「起きるんじゃない？　まあ、どうなるかなんて、誰も教えてくれないけどね」

しかし、こうやって落ち着いて話してみると、大森の印象が変わってきた。

岩崎(いわさき)と違って、こいつは案外、根っからの悪人じゃないのかもしれないな。

初めに抱いていた、浦井(うらい)に通じる過激さは、すっかり鳴りを潜めていた。

「うーん、弱ったな。まずその光の壁を破壊しなければ、お前を撃てないのか」

だが、そうして悩む俺の傍らに、あいつがやってきた。

「いけない子だね。勝手にそんな機密事項を話されては困るよ」

俺はすぐに臨戦態勢を取る。

だが、大森はそんな悪意の脅しに屈しなかった。

「いいじゃん。私の知ってることなんて、もう他に何もないし。さっさと私をぬいぐるみにしてよ」

「それはできないさ。君にはこのゲームの勝者になってもらうんだからね」

俺は、悪意に食って掛かる。

「大森の言うように、このゲームは端から、お前がこいつに肩入れしていたのか？」

「そういうことになるね」

「じゃあ、これは大森が優勝する、出来レースだったたってことかよ」

「おや？　ショックなのかい？」

「当たり前だろ。何のために、俺たちはあんなに傷つけ合ったたって言うんだよ」

俺も翔也も律人も、お互いの気持ちを擦り減らしながら、何とか和解してここまで来たんだ。それもすべて徒労だったたってことかよ。

「俺たちは、どうやったたって勝つことができないのか？」

俺にもっと知恵があれば、俺にもっと力があれば、どうにかなったのか？

「そんな殺生な話があるかよ……ごめん、庄條さん……俺はここまでみたいだ」

俺が挫けそうになった、その時だった。

「おい、六樹！　そんな話を鵜呑みにするな！」

岩崎のぬいぐるみと戦う翔也が叫んだ。

「そうだよ、六樹！　どこかに突破口があるはずさ！」

飛び込む三柴のぬいぐるみを腕で退けながら、律人が言った。

親友たちの声を聞いて、失い掛けていた闘志が、メラメラと燃え上がる。

「そうだよ。弱音を吐いている場合じゃねえよな」

まずは、なぜ悪意が大森を担ぎ上げているかを探ろう。

大森がこの教会を守護させられている理由は何なんだ。

と、そこで俺は思い出した。

「庄條さんはオルゴールを連れ出して、幽閉された善意の魂を探していたはずだ」

おそらくはオルゴールに、この教会の場所を聞き出したのか。あるいは、オルゴール自身に顕現させたか。

「ってことは、どこかに……」

言い掛けたところで、誰かの叫びが、俺の声に被さった。

「眷属よ！」

見やれば、目覚めた庄條さんが声を張り上げていた。

「――ここに善意の魂がある」

俺の想像が確信に変わる。

「やっぱりそうか。じゃあ、大森が守護しているっていうのは」

大森が納得したように、パチンと手を合わせた。

「そういうことか。きっと私がやられたら、その魂が解放されちゃうんだね」

悪意は、表情を崩さない。

「それはどうかな？」

「否定しないってことは、可能性がゼロじゃないってことだろ？」

「はあ……君は、大人しく引き下がってくれないか。じゃあ、まあ仕方ないね」

悪意が、指を鳴らす。

すると、翔也と律人の相手をしていたぬいぐるみたちが、一斉にこちらに駆け寄ってきた。

「くそっ、こっちを攻める気かよ」

だが、ぬいぐるみが飛び掛かったのは、銃を構えた俺の方ではなかった。

岩崎のクマのぬいぐるみが、その愛らしい表情からは想像のつかない、獰猛な爪を手から生やした。

「おい、どうする気だ？」

ぬいぐるみの爪が、庄條さんの衣装の首元を裂いた。

「姉さんに手荒な真似はしたくなかったんだけどね」

庄條さんの華奢な鎖骨が露わになった。その右肩に、くっきりとターゲットマークがお目見えしたのであった。

大森が、ふっと息を吐く。

「あーあ、ついに的が出ちゃったね」

そして、なぜか俺の足は、その場から動けなくされた。

「おい、悪意め！　俺に何をした？」

「君はそこで大人しくしておいてよ」

「ちくしょう！」

三柴の馬のぬいぐるみが、祭壇に無造作に転がっていた銃を拾う。

「姉さん、何か言い残すことはあるかい？」

俺は悪意に懇願する。

「やめてくれ！　俺は、庄條さんがぬいぐるみになるところなんて見たくない！」

俺は縋るように、手を伸ばした。

「ボクだって見たくなかったけどね」

悪意が苦渋の表情を浮かべる。

「眷属よ、もうよいぞ……」

庄條さんは、覚悟を決めたように笑った。

「言い残すことなどない。いいから早く撃ってくれ」

「本当にいいのかい？」

「うむ。言葉で伝えるよりも、眷属に我の秘密を観てもらいたい」

悪意が頷く。

「分かったよ」

俺の目の前で、クマのぬいぐるみによって、その引き金が引かれる。

銃声が響いた瞬間、俺は叫んだ。

「嫌だ！　やめろ！　庄條さん！」

俺はようやく動くことを許されたが、もう手遅れだった。

ターゲットマークを撃ち抜かれた庄條さんの全身は、徐々に体毛に覆われ始める。

「眷属よ、聞いて欲しい。我の秘密は――」

空中に顕現したブラウン管テレビの砂嵐の中に、シルエットが浮かび始める。

オルゴールが、哄笑する。

【カッカッ！　こら傑作だな！　オイラたちの誕生秘話じゃねえか】

その映像に映っていたのは、おそらく彼女の部屋だった。

俺は一度だけだが、その部屋にお邪魔したことがあったから、はっきり覚えている。だって、生まれて初めて上がる女の子の部屋だぞ？


画面に映る季節は、夏なんだろうか？　窓の外から、微かに蟬の鳴き声が聞こえている。

映像の庄條さんは、部屋の真ん中でポツンと立ち尽くしていた。彼女が着ている制服は、うちの学校のものではなかった。ということは、転校する前の話なのか。

ブラウン管の中の庄條さんの表情は、とても暗かった。そして、彼女が指に持つのは――

「あれって？」

――ターゲットマークのキーホルダーだった。


「クックックッ。あのキーホルダーは、我と妹がお揃いで買ったものだ」

「庄條さん、まだ意識があるのか!?」

庄條さんは強靭な精神力で、かろうじて会話できる状態を維持しているようだ。

「文化祭の日に、あのキーホルダーを俺たちに持たせたのも」

「すべては、我と妹の恨みを、怒りを……世界に拡散させるためだったのだ」

薄れゆく意識の中で、庄條さんは真実を語る。

　ふと、映像の中に奇妙な影が映り込む。過去の庄條さんは、忍び寄る漆黒の塊に気付いていない。だが、やがてそれは、姿見の中に入り込む。

【姉さん？】

　その影が声を発した瞬間、庄條さんが瞠目(どうもく)する。

『舞輪(まろん)ちゃん……なのですか？』

【ああ、姉さん。ボクだよ】

　そう告げた瞬間、鏡の中にあった庄條澪(れい)の姿は消え、影が人の形を成していく。やがて、庄條舞輪を名乗る影は、おどろおどろしい表情の女の子の姿に変わっていった。

　すると、驚いた庄條さんは手で口を覆った。

　指から滑った、ターゲットマークのキーホルダーは床に叩(たた)きつけられ、その弾みでチェーンが千切れていった。

『どうして、そんな怖い顔をしているのですか……？　それにその喋(しゃべ)り方も、別人みたいですよ？』

【ああ、ボクはもう姉さんの知っている庄條舞輪じゃないのさ。だって、ボクは魂だけの存在になってしまったんだからね】

『ううん。たとえ魂でも、舞輪ちゃんが帰ってきてくれたことが嬉(うれ)しいです』

画面の庄條（しょうじょう）さんの瞳からは、涙が垂れ落ちていった。

悪意は、瞑目（めいもく）する。

【ボクのために、泣いてくれてありがとう】

『もう涙は涸（か）れ果ててしまったかと思っていましたが』

と、庄條さんは鼻をすする。

【実はボクは、姉さんにお願いがあって、こうして戻ってきたんだよ】

『お願いですか？　それは、あたしにできることなんですか？』

【むしろ、姉さんにしかできないことだよ】

にやりと、悪意は、卑しい笑みを浮かべた。

『あたしにしかできないこと……ですか？』

映像の庄條さんは、戸惑っているようだった。

【姉さんにはね、空席を埋めて欲しいんだ】

『空席？　その空席とは、何のことですか？』

悪意は淡々と続ける。

【つまり姉さんには、ボクになって欲しいんだ】

『えっ？　あたしが舞輪（まろん）ちゃんになる？　どういうことでしょうか？』

【別に名前は、澪（れい）のままでいいんだ。うん、おそらくそれで大丈夫。要するに、ボクと姉

さんの存在だけを入れ替えるのさ】

『存在を入れ替える？　そんな夢物語に、実現性なんて本当にあるんですか？』

【まあ、難しい話だろうね。それじゃあ――神様にでも、お願いしちゃおうか？】

ふと、映像の庄條さんの背後に、あの『ロキ』のサムネイルの少年が現れた。

『だ、誰ですか？』

庄條さんは、気配に驚いて振り返る。

そして、部屋の中に現れた怪しい人物を見て、瞠目する。

『その顔に張り付けた紙は、何なのですか？』

ギターを抱えた少年は、何も答えない。

【その方が、ボクの魂を、この世界に留まらせてくれたんだよ】

『えっ？　この少年がですか？』

庄條さんは、しばらく考える素振りを見せる。

『舞輪ちゃんは、何を行おうとしてるんですか？』

鏡の中の悪意が、前のめりになる。

【――復讐だよ】

『復讐……？』

【姉さんも覚えているはずだ。ボクが最後に歌った『ロキ』の動画に、難癖をつける忌々

しい連中がいたことを】

『忘れるなんてできませんよね……クラスメイトがあんな書き込みをするなんて』

【酷いだろ？　だから姉さんには、あいつらへの復讐を手伝って欲しいんだよ！】

『彼らへの復讐のために、空席を埋めるという作業が必要なわけですか？』

【そうだよ。だから、姉さんには、ボクの学校に転校して、ボクの座っていた席に、庄條澪として登校して欲しいんだ】

『舞輪ちゃんの振りをして、学校に通う？　それだけでいいんですか？』

【そして、何食わぬ顔でボクの席に座る。そうすれば、ボクの願いは成就するんだ】

庄條さんがゴクリと唾を飲み込む。

『舞輪ちゃん？　あなたが行おうとしている復讐の方法を訊いてもいいですか？』

悪意は、目を見開いた。

【——あいつらに呪いを！】

庄條さんが後ずさり、絶句する。

『呪い？　舞輪ちゃんは、クラスメイトを呪うつもりなのですか？』

【考えてみてよ、ボクはあいつらに殺されたのさ！】

『舞輪ちゃん、それはいくらなんでも横暴ですよ……』

【いいや、これは敵討ちさ！　ボクはあんな書き込みが無かったら、もっと生きられた！

ボクが死んだのは、病気のせいじゃない！　人間の醜さに絶望したからさ！】
『あの書き込みが無かったら……舞輪ちゃんは、もっと生きられたはず？』
過去の庄條さんの瞳が、段々と黒ずんでいく。さながら呪われているかのようだった。
『そうですね……舞輪ちゃんは、あんなに頑張って「ロキ」を歌いましたよね』
庄條さんは、悪意に洗脳されていってているように見えた。
『だから舞輪ちゃんは、あいつらに殺された……』
【そうだよ、姉さん！　いわば、あの書き込みをした連中はみんな、殺人者なのさ！】
過去の庄條さんの双眸に、はっきりと憎しみの炎が宿った。
『それならそいつらは、きちんと報いを受けるべきですね』
【そうだよ、姉さん。罪には罰を与えないとね】
おもむろに庄條さんは、クローゼットを開けた。
【姉さん、それはボクの制服かい？】
『はい。あたしが持っていていいって、お母さんが言いましたから』
庄條さんは迷うことなく、妹の制服に着替えた。
そして、机の引き出しから包帯を取り出して、手首に巻きつけていった。
【素晴らしいよ、姉さん……まるで、ボクそのものじゃないか】
包帯を巻き終えた庄條さんの顔は物憂げで、触れれば崩れそうな儚さがあった。

そして、その過去の庄條さんは、盛大に肩を揺らして、

『クックックッ――我の名は、庄條澪だ』

包帯を巻いた方の手を、鏡に向けて伸ばした。

【では、姉さん。二人でこの復讐を成功させようじゃないか】

鏡に潜む悪意の魂も、姉に向けてその腕を伸ばす。

『クックックッ――あいつらに呪いを』

そうして、鏡越しに姉妹の手が触れ合った時だ。

その部屋の中に、あの奇妙な機械音が木霊したのだ。


『――ロキロキロックンロール！』


と、映像は、そこでプツリと途切れた。

「分かってもらえたか、眷属よ。我はずっと怖かったのだ……」

庄條さんは、ウサギのぬいぐるみに成り果てていた。それでも懸命に、呪いを生み出した後悔を語る。

「我はずっと、誰かにこの苦しみに気付いて欲しかった……」

ぬいぐるみの瞳から、一筋の涙が流れる。

「我はあの時、この命を捨てでも、拒否するべきだったのだ……そうすれば、君を巻き込むこともなかったのに」

庄條さんは、自分が犯した過ちに怯(おび)えて生きていたのだ。

「でも、呪いがなければ、俺たちは出会えなかったかもしれないだろ？」

「どさくさに紛れて君は、何を言っているのだ？」

俺は、庄條さんと出会えて良かった。今もそう思っている。

その手に触れて、共に走ったことを、俺は絶対に忘れないし、悔いることもない。

「なあ、庄條さん？　たとえ後悔は消せなくても、その苦しみを書き換えることは出来るんじゃないか？」

「我に後悔を受け入れろと言うのか？」

「ああ、そうだ。俺は庄條澪と出会えて良かったと胸を張る。君が罪悪感でうずくまる日は、俺がこの手を差し伸べて立たせてやる。君が罪を償うのを見届けるために、俺は庄條澪の隣に居続けるから」

「眷属よ……君はどうして我にそこまでしてくれるのだ？」

伝えられそうな言葉を、すぐに見つけられなかった。

俺は返事に窮して、顔を俯(うつむ)ける。

「どうしてかって？」

とっくに俺の中で答えは出ているはずだが、それはここで言えないことだった。

それを心の中で念じて、この世界にやって来たんだ。

だから、どうしてかと訊かれて、俺が言い返せることは——

「——それは、秘密だよ」

その台詞は、俺なりの誤魔化しや取り繕いだったのかもしれない。

それでも、ぬいぐるみになった彼女は笑って、

「クックックッ、上等だ。いつか我が、その秘密とやらを吐かせてやろう」

会心の憎まれ口を叩いたのであった。

だが、言い終えたぬいぐるみは、苦しみ藻掻き始める。

「いかん、我の意識はもう途切れ……」

彼女の強靭な精神力にも、限界が訪れたようだ。

「最後に聞かせてくれ！　あのサムネイルの野郎の正体は、何なんだ？」

庄條さんは、人間の悪意に意識を乗っ取られそうになりながら、

「あいつは——」

言葉を絞り出そうとしている。俺は唾を飲み込む。

「——彼は、神なのだ」

庄條さんの告げた真実に、俺は動揺する。そして、じわじわと、たくさんの疑問符が湧

いてきた。

　俺たちが挑もうとしている相手は、そんなとてつもない存在なのかよ。

「何かの冗談だよな？　神様が実在するなんて話は？」

「残念だが、ジョークではない。彼の名は【ＲＯＫＩ】である」

「おい、待てよ？　今、【ＲＯＫＩ】って言わなかったか？」

　庄條さんは頷(うなず)いた。

「うむ。【ＲＯＫＩ】、その正体は——悪戯(いたずら)好きの神様さ、クックックッ」

　意識が限界を迎え、縮んだ彼女の体はロープを擦り抜けて、ポトリと絨毯(じゅうたん)の上に落ちた。

　彼女がそれ以上、何かを語ることはなかった。

　俺は屈(かが)んで、ウサギのぬいぐるみになった庄條さんを抱き上げる。

「サムネイルの野郎は、マジで神様だったたって言うのかよ……」

　庄條さんは、はっきりと口にした。あいつは、悪戯好きの神様だと。

　悪意の台詞に偽りは無かったってことなのか。

「あいつにとって、『ロキ』の呪いは、ただの娯楽だったたってことかよ」

　この呪いの無限ループは、神のユーモアだってことだ。

「まったく笑えねえ話だよ……」

　俺は、悪意に問う。

「なぜ、庄條(しょうじょう)さんをぬいぐるみにした？」

「ボクだって、姉さんをこんな目に遭わせたくなかった。でもね、さすがに逆らえないだろ？　神様には――」

「あの野郎の指示だったって言うのか？」

俺は虚空を見上げる。

「どうせ理由は、その方が盛り上がるからって言うんだろ？」

悪意は伏し目がちになり、

「そうだね。彼はゲームが面白くなれば、それで満足なんだよ」

「文化祭やフェスの乗っ取りも、変なＱＲコードも、このフザけたデスゲームも、あいつにとっては、さぞ楽しいイベントだったんだろうな」

と、大森(おおもり)がのん気に、俺に問い掛けてきた。

「――ねえ？　これって私たち、リアルには帰れない展開？」

「おい、割り込んできて何だよ？　気が抜けるぜ……」

こんなシリアスな話の最中に、何でこいつはこんなにマイペースでいられるんだよ。

「でも、このゲームで私が勝っちゃったら、みんなここでぬいぐるみになって暮らさないといけないわけじゃない？」

「まあ、そうなるんだろうな」

「魂だけ生き延びたって、嬉しくないよね」

「だから、さっきから何が言いたいんだよ？」

大森の振ってくる会話は、要領を得なかった。

「いや、神様がゲームを面白くしたいって言うんなら、ちょっと試してみようかなって」

「はあ？　こんな一大事に、何を試そうって企んでるんだよ？」

「私はシスターだよ。だからね、お祈りするの」

「祈り？」

大森は目を閉じて、両手の指を絡め合う。そして、十字架の下で、

「——主よ」

と、祈りを捧げた。

「マジかよ？」

彼女の体を、次第に光が覆い始めた。

その眩い光は、導火線を伝う火がごとく床を這い、やがて俺の足に登り始める。

「何だよ、これは？」

そして、俺の全身に光が行きわたった頃には、俺も彼女と同じ輝きを放ち、身に纏う光と会話できるような気分になってきたのだ。

「これって、庄條さんが言ってた、神とテレパシーで語らうって感覚なのか？」

周りで声を発している者などいないはずなのに、誰かと対話しているように感じる。

大森は俺を振り返って、満足げに笑った。

「ね？　私の祈りが通じたみたいだよ？」

と、なぜか教会に、『ロキ』の演奏が鳴り始める。

「えっ？　誰の悪戯だよ？」

スピーカーを探しても見つからない。どこから流れている音なのかも分からない。

『——さあボクの全てを曝け出させてみせてよ』

ふと、誰かがそんなことを囁いた。

翔也と律人が、その声に、いち早く反応をした。

「今の声って」

「さっき子供部屋でも聞いたよね？」

俺もその声を聞いて確信した。

「今の声は、善意の魂のものだと思う」

すかさず俺は、大森に訊いた。

「お前は、誰に何を祈ったんだ？」

「うーん、たぶん、この光を授けてくれている人なのかな？」

「俺たちの体を包む、この光のことか？」

「うん、そう。あんたが善意の魂って呼んでる、その女の子じゃない？」

「お前が祈りを捧げた相手は、善意だったたってことか？」

どういうことだ？　この世界の創造主は、神であるサムネイルの野郎じゃないのか？

大森は、気まずそうに、指で頬を掻く。

「えっと、どこまで話していいか分からないんだよね」

「いや、勿体ぶるんじゃねえよ」

「本当にダメなんだって。彼女は、恥ずかしがってるから」

「恥ずかしがってる？　お前はマジで、何を言ってるんだ？」

大森は再び、両手の指を折り重ねる。

「とにかく私は、彼女に何とかしてくれって掛け合ったんだけどね」

「善意は何て答えたんだよ？」

「彼女がこのゲームに望む決着は、彼女にも分からないんだって」

「おいおい、七面倒臭い話になってんじゃねえかよ……」

「だから、私とあんたで、勝負するの」

「勝負？」

「あんたを包むその光は、私の的を守護する壁と同じもの。つまり、善意の魂の思念みたいな感じ？」

「確かにそうだって、光が言ってくれてる気がするな」

テレパシーで、善意が俺に同意してくれているのか？

「あんたにも聞こえてるんでしょ？　さあ、銃を構えて」

「お前を撃てって言うのか？　でも、あの光の壁が邪魔をするんだろ？」

「でも、あんたも、私と同じ力を纏ったじゃない」

「えっ？　つまり俺の攻撃にも、お前の防壁と同じ効力があるってことか？」

「そうだよ。あんたの銃撃が勝つか、私の防壁が勝つか。どっちに転ぶだろうね？」

どこかの国の古典で、そんな話があったな。

何でも突き通す矛と、どんな攻撃も防ぐ盾。両立するはずのない二つの最強。嘘か誠か。

そんな議論の果てに生まれた言葉が矛盾ってことだ。

「引き分けでは終わらせないってことか……」

「そう。これは、彼女自身の矛盾を乗り越えるための儀式みたい」

「善意の魂の矛盾？　何だよ、それ」

「つまり女の子には、色々あるのよ」

大森の話す内容は、さっぱり理解できなかった。

そして、この時、俺の身に奇怪な現象が起こり始める。

「何だ、これは……頭がガンガンしてきたぞ」

突然、頭が割れるような感覚が、俺を襲う。

「何だ？　言葉が、頭にどんどん浮かんでいく」

日進月歩。動員。あざとく。メイク。薄っぺらい。

規則性を見いだせないそんな単語が、次々と頭を巡る。

「何だよ、これ？　気持ち悪いな」

だが、意味不明な言葉の羅列の中で、はっきりと文章になったものがあった。

と、大森が、俺を煽る。

「準備はできた？　私が勝っても文句は言わないでよ？」

「はあ？　そうはさせるかよ」

何を賭けて、この勝負に挑んでいるかなんて分からない。

大森はすべてをお見通しのようだが、生憎俺には開示されていない情報があるようだ。

だから、正直俺がこいつと対峙している意味を、完璧に理解できているわけじゃなかった。

でも、この勝負の結果が、この呪いの世界の行方を左右しているってことだけは、俺の纏う光が魂に訴えかけてきやがる。

「何なんだよ、意味分からねえな。だったら、俺に勝たせてくれよ！」

大森が目を閉じて、額を差し出す。

そして、俺と大森(おおもり)の声が重なった。

「「――さあ目の前のあの子を撃ち抜いてみせろよ！」」

俺は、引き金を引いた。

たちまち俺の放った神々しい銃弾が、大森を護(まも)る光の壁とぶつかる。

時が止まったかと錯覚してしまう程、周囲がスローモーションに見える。

根性論なんかでは、どうにもならないと自覚していたが、何の気なしに俺は『ロキ』のサビの一節を口ずさむ。その歌声が、後押しになるかなど未知数だ。

でも、歌わずにいられなかったのは、なぜだろうか。

そんな風に俺の思いを乗せた弾丸は、とうとう大森を守護していた光の壁を貫いた。

大森の額の前で、輝く粒子が弾(はじ)け飛んだ。

「あー、負けちゃったか」

大森が呟(つぶや)くと、銃弾はその額にあるターゲットマークへ届いた。

仰(の)け反(ぞ)る大森は、そのまま後頭部から絨毯(じゅうたん)にダイブした。

「俺の勝ちだったな」

善意の中に、どんな矛盾があったと言うのだろうか。そして、俺が勝った意味は、何な

BANG!!

んだろうか。俺の想像が及ばないようなことが、目の前で起こっているのだ。

大森(おおもり)は、体毛の伸び始める自分の腕を持ち上げ、凝視する。

「あー、これで私もぬいぐるみかぁ」

彼女は、すっと腕を床に戻した。

「心配すんな。俺が最後のゲームに勝って、お前もリアルに連れ帰ってやるよ」

「そうか。あんたが勝てば、私たちはリアルに帰れるんだね」

大森は、仰向(あおむ)けに寝そべりながら、

「あのさ。私、こう見えて料理が得意なんだよね」

とんちんかんなことを言い始めた。

「えっ？　この状況で何言ってんだよ？　恐怖で混乱しちゃったのか？」

てっきり俺は、ぬいぐるみになりたくないとか、大森が駄々(だだ)をこねると予想していたので、肩透かしをくらった気分だ。

「あんたってさ、好きな食べ物あんの？」

「いや、今パッと思い付かねえよ」

「考えてよ。思い浮かんだやつ、何でもいいから言って」

やけに大森は強引だ。こんなことを言い合っている場合じゃないだろうに……。

「ええ……じゃあ、卵焼きとか？」

「オッケー。で、味付けは、砂糖派？　醤油(しょうゆ)派？　どっちが好き？」

「いや、だから。そんなの知って、どうするんだよ？」

「いいじゃん、冥土の土産に教えてよ」

「まだ死ぬって決まったわけじゃねえだろ。ってか、誰も死なせねーよ」

俺は息を吐いて、

「俺は、醤油派だよ」

俺の答えを聞いた大森は、アハハと笑った。

「そっか、醤油派ね」

俺は呆(あき)れる。

自分がぬいぐるみになろうって時に、こいつは何で俺の好きな食べ物に興味を示してるんだよ。意味が分からん。

「おい、マジでこれ何のやり取りだったんだよ？」

「せっかく聞いたけど、ぬいぐるみになって忘れちゃったらごめんね……」

大森の全身が、ゆっくりと縮んでいく。

「ねえ、小鳥遊(たかなし)君？」

「何だよ？」

「私の秘密を観(み)て、どう思ったか。帰ったら感想を聞かせてね」

「おい、大森？」

そう言い残した大森は、カエルのぬいぐるみになったのであった。

すると、ブラウン管テレビが現れて、オルゴールが叫んだ。

【カッカッ！　さあ、お待ちかね！　大森奏絵のパスコードが流れるぜぇ！】

砂嵐がやみ、映し出された映像には、見たことのない制服を着た大森の姿があった。

今より顔が幼いことから、中学時代と思われる。しかし、大森奏絵は、本当に高校デビューだったんだな。見た目も今と違って、髪の毛も染めておらずボサボサだし、表情も暗かった。クラスカーストのトップの大森奏絵は、その画面の中にいなかった。

『あの……』

大森が話し掛けた相手を見て、俺は眉をひそめる。

「あいつらは確か、買い出しに行った量販店で、大森に絡んできた奴だよな……」

翔也と三柴、そして大森と共にパーティーの買い出しに出かけた時のことだ。

あいつらの姿を見つけるなり、大森は酷く怯えていたっけ。

『なに？　何か用？』

大森はそのギャルっぽい二人組に凄まれて、萎縮したようだった。

しかし、勇気を出して、強張った腕を伸ばす。

『お弁当を作ってきたんです……一緒に食べませんか？』

　さぞ大森の誘いが意外だったのだろう。二人組は顔を見合わせ、机を叩き、大笑いをする。

『はあ？　何で、ウチらが、あんたと弁当食わなきゃなんないわけ？』

『マジウケるわ〜おなかいたい、やばい……』

　更にその二人組は、彼女の手から弁当箱をかっぱらうと、

『どんなの作ったか、見てやるよ』

『どうせ、下手くそなんだろ？』

　ギャルが、パカと蓋を開けると、中に入った彼女の手料理がお目見えする。

　映像で見ていても、その出来栄えは感嘆に値した。彩りや盛り付けなんかにも気を配っているようで、非の打ちどころがない。思わず、腹の虫が鳴りそうになった。

　さっき料理の腕に自信があると豪語していたが、どうやら嘘ではなかったようだ。

　しかし、二人組は、その料理を見て、

『何か大森のくせに生意気じゃん』

『笑ってやろうと思ったのに、白けたわ』

　予想を裏切る腕前に、二人の顔が歪んでいった。

『えっ？　何をするんですか？』

　大森が言うと、一人の女子がゴミ箱に近づいて行き、弁当箱を引っくり返した。

もう一人の座っていた方の女子が、その様子を見て、

『だよねー』

と、相槌を打った。

何が、だよねー、なのか俺には、理解できなかった。

その陰湿な光景に、俺は目を背けたくなってくる。

あえて推測するならば、大森の料理の腕に、嫉妬したってことなのだろうか。

自分より格下の相手が、アドバンテージを持っていることにムカついたのだろう。

女子の人間関係は難しいと聞くが、それをまざまざと見せつけられている気分だった。

彼女たちは、大森に対し何かしらの危機感を感じて、出る杭を打ったってことなのか？

女子の嫉妬と、水面下で行われるマウントの取り合い。それを凝縮したような、エピソード。そんなところなんじゃないかって思う。

その後も映像は続いたが、口に出すのも憚られる内容だった。

要するに、彼女はあの二人組から、イジメを受けていたのだと理解した。

トイレの個室にこもっているところに、水をぶっかけられる、だとか。

はたまた水泳の授業の後で、下着を教室の黒板に張り付けられる、だとか。

極め付けは、教師までもが、その凄惨なイジメの輪に加わっていたようだったことだ。

ついに、俺は目を逸らした。

「あいつ、これの感想を言えってか……どう応えりゃいいんだよ」

おそらく最初は彼女なりに友達を作ろうと勇気を出して、お弁当を作って行ったのだ。

彼女の生い立ちのすべてを知っているわけではない。だが、彼女は自分の立場を変えたかったのだと思う。その努力が報われることはなかったのだが。

大森が岩崎を毛嫌いしていたことも、きっと岩崎が何の行動も起こさないくせに、それを周囲が悪いと責任転嫁をしていたからなのだろうと、今なら理解できる。

少なくとも大森は、自分を変えたいと必死だった。それなのに、イジメに遭った。

「あいつらみたいになってたか、って言ったのは、あの二人組のことだったんだな」

確かにブラウン管に映る、あの二人組の女子たちは、悪意の白雪舞輪を彷彿とさせる、悍ましい顔立ちだった。

映像が途切れると、俺も、翔也も律人も、言葉を交わせずにいた。

大森の抱えてきた秘密は、俺たちにとっては、重すぎるものだった。

「あいつが世界をブッ壊してやりたいって思うのも、無理は無かったのかもな」

悪意は、勝ち誇ったように笑う。

「いい加減、君も分かっただろ？　人間が生きている限り、悪意はどこにでも転がっているんだよ」

「ああ、そうかもしれないな。いや、そうなんだろうな」

大森をイジメた奴らの悪意。岩崎夏鈴の八つ当たりの悪意。その悪意に抗えずに、自分の手を汚してしまった三柴の悪意。

俺の心に、そんな悪意の濁流が押し寄せる。

人間とは、愚かな生き物だ。自分が他人よりも優れていることを知らしめたい。獣なら腕力で個体の優劣を決するのだろうが、なまじ知性を得た俺たち人間は、陰湿な方法を取り得る。

そして、様々な悪意が混ざり合った世界が、この『ロキ』のサムネイルの世界なのか。

「でもさ、もうやめようぜ」

「はあ？　今更、何を言うんだい？」

「復讐ごっこは、よそでやってくれ。もう俺たちを巻き込むな」

「そんな虫のいい話があるか。君たちのクラスメイトがボクを辱めたんだぞ！」

「それでも、もう十分だろ……大森だってお前に利用されただけで、岩崎の件とは無関係だったじゃねえか……それなのに過去の汚点が、こうやって明るみに出ちまって」

「それがどうした？」

「はあ？」

悪意は表情ひとつ変えない。それどころか悪びれる様子もなかった。

「大森奏絵は、自分の意思でホスト役を買って出たんだ。利用して何が悪い？」

「そうか、お前は悪意の化身だったな……何を言っても無駄かよ」

翔也と律人がこちらに近づいてくる。

「何て言うか、大森さんの思い出は、観るのもキツかったな……」

大森の過去を覗いた翔也は、しみじみとそう呟いた。

「彼女はあんなに頑張っていたのに、どうしてあんな目に遭わないといけないのさ……」

律人も、げんなりとした顔つきをしている。

「でも、大森が、未来を切り拓いてくれたんだ。おかげで俺たちの中の誰かが生き残って、最後のゲームに挑戦できるんだからな」

スプライツのメンバーだけで、決着をつけられる。もはや誰が勝っても文句はないし、こいつらならきっと自分をリアルに連れ帰ってくれると信じられる。

だから、俺は、この三人で、さっきの大森との一騎打ちのような勝負を持ち掛けるつもりだった。

だが、翔也は、

「頼んだぞ、六樹」

と、手に持った銃を、静かに床に置いたのであった。

「おい、翔也？　何の真似だよ？」

それを見た律人も続いた。

「僕も賛成だね」

と、翔也の銃の横に、自分のものを並べる。

「いや、二人ともどういうつもりだ？　こんなの受け入れられるかよ。ちゃんと撃ち合いで決着をつけようぜ」

俺たちのやりとりを見ていた悪意が、

「戦う意志のない者は、勝手にドロップアウトすればいいさ。まあ、神がこの結末を喜ぶとは思えないけどね」

と、投げやりに吐き捨てた。

「神がどうとか、オレは知らねえからな。だから、やりたいようにやらせてもらうぜ」

翔也はそう言ったが、俺は到底納得できなかった。

「マジでこんな決着で満足なのかよ？　お前たちの秘密が、俺にバレちまうんだぞ？」

律人は、俺の肩を叩く。

「僕の秘密は、さっき二人に打ち明けたことだよ」

律人の秘密は、事前にシアタールームで語り合っていた内容のようだ。バンドの将来についての悩み。つまり進路の件だろう。

「でも、翔也はあんなにバレたくなさそうだったから……」

翔也は階段に座り、ブーツを放り捨てると、おもむろに靴下を脱ぎ始める。

「おい、何でいきなり脱いでるんだよ？」

あまりに奔放な態度に、俺は呆れかえる。

「いや、分かるだろ。ぬいぐるみになる準備だよ」

「翔也、まさかそんなところに的を？」

「おう、ほれ？」

裸足になった翔也は茶目っ気たっぷりに、俺に足の裏を向ける。

「な？　オレはずる賢いだろ？」

翔也の足の裏に、ターゲットマークが刻印されていた。

「まったく、よくそんなところを思い付いたよな」

立って撃ち合う分には、的の当たる確率の低い場所には違いない。

まあ、俺もそんな感じで、的を手の平にしたんだよな。銃を握っている限りは、当たらないしな。

そして、俺は、二人に右手を翳す。

「俺の的は、ここだぜ」

ネタバラシをしてやると、プッと二人が笑った。

「何だよ。お前だって、オレと変わらないじゃん」

「うまく銃で隠してきたわけだね。そうか、手の平は思いつかなかったよ」

そんな律人は、すっと囚人帽を取った。

「僕は、ちょっと危なかったんだけどね」

オールバックの前髪を手で乱して下ろすと、部分的に髪色が変わっており、ターゲットマークの形を成していた。

「岩崎さんに天井から狙われた時は、流れ弾が当たるんじゃないかって肝を冷やしたよ」

「髪って、的にできたのかよ……しかも、オールバックにして見えないようにしてたのか」

お互い様の俺たちだが、それぞれ悪知恵が働くようだ。

「みんな、色々考えてたんだな」

クスクスと笑いが漏れる。

俺は、このメンツでバンドを組めたことを誇りに思う。

「二人とも、本当にいいんだな？」

二人が揃って、首を縦に振る。

「六樹が、オレたちをリアルに帰してくれよ」

「そうしたらお互い受験を頑張って、春にはスプライツで卒業ライブだね」

俺は、親友たちの言葉を噛み締めた。

そして、今ここで最後のゲームに進む勝者が決まる。

「じゃあ、お前たち。また後でな？」

俺は二度、引き金を引いた。

それぞれの的を銃弾が撃ち抜くと、二人はぬいぐるみの姿に変化していった。

「六樹、オレはお前が思っているような奴じゃないんだぜ」

「何のカミングアウトだよ。お前の秘密を観れば、その意味を知れるのか？」

「ああ、たぶんな。お前は俺をイケメンとか言ってくれるけど、本当のオレは、まったくもって不甲斐ない男なんだ……」

翔也は、恐竜のようなぬいぐるみになった。

そして、律人は、

「僕も、情けない自分を曝け出すのが怖かったけど、さっき話した通りさ。今後のことは、またじっくり話し合おう」

律人は猿のぬいぐるみと化した。

すると、ブラウン管が二つ、俺の頭上に現れた。

【カッカッ！　秘密の同時上映とは、こりゃ贅沢だな！】

律人の映像は、さっきシアタールームで話し合った内容と合致した。

バンド活動を快く思わない母親が、半ば強引に律人に、地方の医大を受験させるように仕向けたこと。

突っぱね切れなかった律人はそれを受け入れ、俺たちに相談できずに苦悩していたこと。

律人が自ら語ってくれた秘密に、偽りは無かったのだ。そのことが嬉しかった。

スプライツの未来については、時間を掛けて解決すればいい。

人生は長い。だから、今すぐに結論を出す必要は無いのだ。

そして、俺の興味は、翔也の映像の方に移った。

俺のよく知る人物が登場していたからだ。

「黒木真琴……」

律人の親と、黒木の親に接点があることは知っていた。だが、翔也と黒木に、本人同士の繋がりがあったとは初耳だ。このことは、律人も既知なのだろうか？

二人が同じ制服を着ているということは、たぶん同じ中学に通っていたってことなのだろう。律人と翔也は塾で知り合っているから、翔也は俺たちと別の中学だった。だから、翔也の昔の交友関係を、俺はあまり知らないんだ。

それにしても、黒木の一方通行の恋だと思っていたのだが、いやに二人は親しげだ。

と、ある場面を観た俺は、衝撃を受けた。

「えっ？」

シチュエーションは、放課後なのだろうか。人気のない廊下で見つめ合う翔也と黒木。

窓からは、グラウンドを駆け回る運動部の練習風景が見えている。

黒木が、執拗に周囲を確認して、翔也のネクタイをグイと引っ張った。

翔也は、黒木の腰に腕を絡める。

抱擁する二人の顔が近づき、俺は目を疑った。

——翔也は黒木真琴とキスをした。

黒木からせがんだようにも見えた。だが、翔也もまんざらでもない態度だった。

重ねた唇を離すなり、二人して頬を紅潮させる。その初々しい一幕に、観ているこちらが恥ずかしくなってくる。

だが、二人の親密な様子を観て、俺は悟った。

「二人は元々、恋人関係だったのか……」

でも、それなら何で翔也は、黒木に冷たい態度を取り続けるんだ？

そして、場面は切り替わる。

ベッドで横たわる黒木の額には、タオルが置かれていた。熱があるのだろう。はあはあと辛そうに呼吸をしている。これは、黒木の部屋ってことでいいのか？

彼女が苦しそうに眠る中、コンコンと誰かが窓を叩く。

咳込みながら、黒木が鍵を開けると、翔也が彼女に言った。

『クリスマスは過ぎちゃったけど、約束のイルミネーションを観に行こうぜ』

『でも……こんな深夜に』

『大丈夫、兄貴に車を出してもらっているから』

なるほど。純也さんが、その悪だくみに一枚噛んでいるようだ。

翔也が着ていたダウンコートを引っ掛け、黒木は翔也にお姫様のように抱きかかえられながら、窓の外へ運ばれていく。

体調不良で苦しそうな黒木だが、その目はキラキラと輝きを増していた。

翔也は颯爽と、純也さんの機材車に乗り込み、黒木を後部座席に置いた。

二人は隣り合わせに座り、仲睦まじい様子を見せつけてくれる。

段差で車が揺れた際に、こてんと首を倒した黒木は、翔也の肩に寄り掛かった。さりげなく翔也は、黒木の膝にブランケットを掛けるや、彼女がシートに置いていた手の甲に、自分の手を重ねたのだ。

紳士的な振る舞いに、俺は目頭が熱くなった。

しばらくして、目的地に着いた二人は、車中からその煌々と照る光の装飾に感嘆の声を上げていた。

お城を模った電飾を見つめる二人は、王子様とお姫様に見間違う程、華があった。

本当にお似合いの二人じゃないか。

『ごめんな。車の中からで』

『いいえ、とっても嬉しいですわ……』

黒木の顔が赤いのは、はたして体調のせいなのだろうか。

『オレさ、バンドを組んだって話はしたことあっただろ？』

『ええ、聞きましたね』

『うちのギターボーカルが、めちゃくちゃ上手いんだよ。オレたち、きっとすごいバンドになるぜ。ゆくゆくは、プロになっちまうかも』

俺のことを褒めてくれているようだ……。照れるじゃねえか。

『翔也君は、音楽の話をすると、熱量が上がりますね』

『ごめん、楽しくなかった？』

黒木はゆっくりとかぶりを振ってみせた。

『応援していますわ』

そう優しく微笑む彼女が、あんな呪いを拡散させるような女の子には見えなかった。

『ああ、サンキュ。曲が出来たら、聴かせるよ』

だが、ほっこりしたやり取りから一転し、場面転換をすると、壮絶な暴力シーンが繰り広げられた。

どうも翔也が一方的に、大人の男性から殴られているようだった。やり返そうともせずに、翔也は殴打を受け入れ続けている。

『うちの娘をたぶらかしたのは、お前だろう！』

翔也はぶたれた頬を押さえて、ひたすら土下座をしている。

『お前が無理に連れ出したせいで、ただの風邪をこじらせたんだぞ？　あの子は頑張っていたのに、これでは受験も台無しだ！　どう責任を取るつもりだ！』

翔也も事の重大さを認識しているようだ。

ギリギリと奥歯を噛み合わせ、瞳に涙を浮かべ、自分の愚行を悔いているようだった。

『まったく軽率だったと思います……申し訳なかったです』

『そんな謝罪で、あの子の将来が変わるのか！』

翔也は、額を床に擦りつけ、

『変わりません……』

肩を震わすのであった。弱々しく涙する翔也から、俺は目を背けたくなった。

この映像からでは、黒木の病状は分からない。今は元気にしているということから、後に快方に向かったのだと思う。

だが、黒木がうちの学校に通っているってことは、志望校の受験には失敗したのか。本当のところは分からないが、おそらく体調不良が影響したのだろう。

中学時代の翔也は、きっと彼女に一生の汚点を背負わせたと感じていたに違いない。

確かに彼女の学力ならば、もっと高みを目指せていたのかもしれなかった。

『今後私が、君と娘の交際を認めることは断じてない！』

『はい……』

『一生だ！　永遠にだ！　二度と顔も見たくない！　分かったか？』

『約束します……』

そうして黒木の父親が車に乗り込むと、翔也は舗道に飛び出て、アスファルトの上で土下座を繰り返した。

翔也は真っ赤に泣き腫らした目で、喚き散らした。

『オレは馬鹿だ！　これくらい平気だって、あいつのことなんて考えずに、ヒーローになった気でいたんだ！　オレは独善的で、どうしようもない男だ！』

翔也は懺悔する。

『ごめん……真琴、ごめん』

そんな衝撃的な場面から、また景色が切り替わった。

どうやら今度はうちの高校だった。向かい合う二人は、新入生の花飾りを胸につけているから、入学式の日なんだろう。

二人は校舎裏で話し合っている。

『翔也君、私の話を聞いてください』

翔也は目を合わせない。

『私はこうして無事に退院しました。体だってもう元気です。志望校には落ちましたが……』

『志望校から、何ランク下げた？』

『それは……退院後もしばらく集中力を欠いていて、かなり下げざるを得なくてですね』

翔也は、冷酷な声音で、

『嘘つけ。何でよりによって、うちの高校なんだ……もっと上だって狙えたはずだろ？』

黒木は声を荒らげる。

『どうして酷いことばかり言うのですか！　お父様を説得して、翔也君と同じ高校に進学する許しを得ました！　私は最初から、翔也君と同じ学校に通いたかったんです！』

『はあ、何だよそれ？　勝手なことすんな、迷惑なんだよ』

『何でそんなことを言うんですか？　私は、あなたが――』

翔也は、黒木の言葉を遮るように、

『オレはもう好きじゃない』

と、吐き捨てる。

それを聞いた黒木の目は絶望に歪み、だらりと両腕を垂らした。

『じゃあ、オレ行くよ。友達を待たせてるから』

翔也が、ジャージのポケットに手を突っ込み、その場を去ろうとした時だ。

『待って！』

黒木は、翔也のネクタイを掴み、彼の唇に口づけた。

目を見開いて驚く翔也は、すぐに彼女の肩を掴み、引(ひ)き剥(は)がす。

『嘘つき！　嘘つき、嘘つき、嘘つき！』

黒木は、翔也の胸に右手を当てる。

『何なんだよ……何なんだよ！』

『翔也君の嘘つき！　好きじゃないなら、なぜこんなにドキドキしているのですか？』

翔也は沈黙を貫く。

『黙るのは、ずるいですわ！　嘘つき！　意地悪！　意気地なし！』

翔也は、額に手を当てて項垂(うなだ)れる。

『翔也君、本音を聞かせてください？　本当に私のことを嫌いになったんですか？』

翔也は、壁を拳で叩(たた)き、

『ああ、大嫌いだよ！　お前なんか、顔も見たくない！』

黒木は泣きじゃくる。何度も手で瞳から流れる雫(しずく)を拭って、

『私が何かしたのなら、謝ります……だから、大嫌いなんて言わないでください』

黒木は翔也の顔を見ていなかったんだろうな。翔也の表情からは、目の前の女の子に浴びせた言葉とは裏腹に、とても苦悶(くもん)している様子が窺(うかが)えた。

唇を噛(か)み締め、翔也は悲しい嘘をつき続ける。

『冷めたんだ。オレ、今は恋愛より、バンドの方が楽しいし。そういうことだから』

そうして翔也は、黒木を置き去りにして、その場を去る。

取り残された黒木は、地面にしゃがみ込み、嗚咽する。

その泣き声を背に浴びながら翔也は歩いていく。

『ごめん、真琴……でも、親父さんとの約束だから。オレの軽はずみな行動で、真琴を危険な目に遭わせてしまったんだ。お前が許しても、家族は許してくれないだろ……』

親父さんとの雪解けを待つなんてことはせず、翔也はきっぱりと黒木の好意を突っぱねたのであった。あえて彼女を突き放すことが、翔也なりのケジメだったのだろう。だが、果たしてその対応は、本当に正しかったのだろうか。

映像が途切れると、俺は項垂れた。

「何でお前は、そんなに頑固なんだよ……黒木がお前に未練を残したせいで、あんな騒動を起こしてたんじゃ意味ねえだろ」

黒木は、俺に言ったことがあった。バンドなんか始めなければ、翔也が自分を選んでくれていたかもしれないと。その背景には、二人の根深い擦れ違いがあったのだ。

「翔也とのいざこざがあったから、黒木は俺たちのバンドを逆恨みしていたんだな」

翔也との失恋を憂えて、あいつは【青春傍観信仰】として、青春の破壊を企てた。大勢の人間を巻き込んだことは、大いに反省するべきだ。だが、黒木の声に耳を傾けようともせず、彼女を無視し続けていた翔也にも問題はあったのかもしれない。

　もしかして翔也が取っ替え引っ替え異性と遊んでいたのは、自分のことは諦めて欲しいと黒木を牽制していたからではないだろうか。

「そうじゃねえだろうが……そんなやり方じゃ」

　黒木に殺されかけた遺恨がある俺でさえ、いつの間にかあいつに同情していた。

　黒木が翔也から受けた仕打ちは、なかなかに気の毒なものだった。

　俺は、あまりに身勝手な翔也のやり方を、立派だと擁護する気になれなかった。

「何でもっと、黒木と本音で向き合ってやれねーんだよ」

　思い返せば、パスコードの開示を知らされてからの翔也の行動には違和感があった。明らかに冷静さを欠いていたとも思う。

　翔也は自分の本心を、俺たちに悟られたくなかったんだろう。

　黒木真琴に未練があることは、墓場まで持って行くつもりだったはずだ。

　だから翔也は、俺に銃を向けた。心に封じ込めた秘密を、誰にも見せまいと。

　そんな不器用な親友の背中を押してやれるのは、誰だよ？

　俺は自分の手の平を開いて、じっと見つめる。

「よりを戻せって応援するのは、俺の自由だよな？」

　たとえ、お前が独りよがりで突っ走った自分を許せなかったって。

　黒木の人生を変えてしまった罪悪感に押し潰されそうになっていたって。

彼女の父親に、合わせる顔がないと逃げ続けていたって。

「あんなに仲睦まじそうだった二人が、擦れ違ったままでいいわけないんだよ」

翔也とイルミネーションを観る黒木は、本当に幸せそうだった。

「俺は、昔のお前たちに戻って欲しいんだよ」

翔也が過去の呪縛を打ち破るためなら、俺はいくらでもこの手を貸そう。

と、不意に、拍手の音が聞こえたので、俺は悪意の方を見る。

「いやあ、十人十色だったね。素晴らしいヒューマンショーを観せてもらったよ」

茶化すような緩いテンポで、悪意は手を叩き続ける。

「やめろ」

俺は憤慨して、悪意を睨みつける。

「君のお友達も、罪な男だね。こんなに真琴を泣かせて」

だが、悪意は更に俺を煽った。

俺は、沸々と湧き出る怒りを抑え込めなかった。手が震え始めたと思うや、今度は動悸だってしてきやがった。

「そこまでにしておけよ……」

「ふんっ、君に指図される謂れはないね」

悪びれない悪意の態度に、俺は我慢の限界を迎える。

「お前が、翔也を語るな！」

　と、悪意を怒鳴りつけた。

「おや、ずいぶん気が立っているじゃないか」

「当たり前だろ……お前は二人の過去を理解した上で、黒木の未練を利用していたんだろうが？」

「心外だね。何度言わせるのさ。君は、まるで利用される方には落ち度がないような口ぶりをするけどね。それは、正義の押し付けではないかい？」

「ああ、そうだな。お前にまんまと騙された黒木だってワリぃよ。だけどな、そうなっちまうくらい、あいつは翔也に恋をしてたんだよ！」

　なぜ、俺は黒木を庇っているんだろうか。その自問に対する解は、すぐに出せなかった。

「だから俺が黒木の代わりに、翔也をぶん殴ってやる！」

　それがあいつの贖罪だ。だから俺は、俺以外の誰かなんかに翔也を語らせない。

「熱い友情だね。まったく妬けてしまうよ」

　と、悪意は、俺を下卑た目で見やった。

「思ってもないくせに、抜かしてんじゃねえぞ」

　すると、オルゴールが嬉しそうに、俺に近寄ってきた。

【カッカッ！　まあ、お前さんは、秘密がバレなくて良かったじゃねえか！】

「はあ？　良かねえよ。パスコードなんか全部、観たくないことばかりだったんだぜ……？」

パスコードの開示は、クラスメイトたちの抱えてきた過去の闇を暴いていった。
翔也だけではない。律人や、三柴や、岩崎、そして大森奏絵。
不可抗力だとはいえ、俺はみんなの秘密を覗いてしまった。だから、後ろめたい気持ちだってあるのだ。

【おうおう、どうした？　ずいぶんと、ご機嫌斜めじゃねえかよ？】

「お前も、悪意も、何でそんなに平気な顔をしてられるんだよ？」

俺は、みんなのプライベートが丸裸にされたことよりも、その秘密を軽々しくゲームに利用されたことが許せなかった。

【カッカッ！　そりゃ別に何とも思ってないからだろうな！　なんたって、オイラたちは悪意なんだからよ？】

と、オルゴールがギョロリと器用に片目を見開くと、教会が激しく揺れ始めた。

「なんだ、地震か？」

俺はバランスを崩して、地面に手をついた。
悪意は仁王立ちして、どこか一点を見つめている。

「さて、ボクが君と遊べる時間も、いよいよ僅かということみたいだね」

悪意が呟くと、大きな縦揺れが起こり、窪みに埋まる十字架が祭壇に落下してきた。

「何だよ、何が起こってるんだよ？」

絨毯に転がった十字架を悪意が拾うと、

「最後のゲームが始まるのさ」

十字架は神々しい閃光を放った。

「うわっ」

あまりの眩しさに俺は目を眇めた。

そして、気が付けば、周囲の石壁がポロポロと剥がれ落ちていった。

「おいおい、教会が崩れていくぞ……善意の魂は、無事なのか？」

声こそ聞こえたが、未だ彼女の姿は、どこにも見当たらない。

善意は俺に、自分を守護する大森を撃ち抜かせてくれた。

それは自分のことを、見つけて欲しかったからじゃないのかよ？

「お前は今どこにいるんだよ、白雪舞輪！」

俺の呼び掛けは、舞い上がる砂埃に掻き消されてしまうのであった。

第三章

ロキロキロックンロール！

俺はクラスメイトたちの秘密と引き換えに、最後のゲームの挑戦権を得た。

このラストゲームに俺が敗れれば、理不尽な呪いの犠牲となり、ぬいぐるみにされてしまったみんなは人間に戻れなくなってしまう。

だから俺は、みんなを救うまで、絶対に負けられないんだ。

『ハロウィンバレット』をクリアすると、教会は爆破でもされたみたいに倒壊していった。

椅子は吹き飛び、屋根はボロボロと剥がれ落ちて、あっという間に建屋は荒廃した。かろうじて祭壇を覆う石壁だけが崩壊を免れ、ここが教会だった名残を感じさせる。

空は朱に染まり始め、夕暮れが近いことを知らせていた。

まるで、サムネイルの世界の終末を見ているようだった。

「本当にこんなところに、善意の魂が幽閉されているのか？」

吹き曝しになった教会から空を見上げて、俺は悪意たちに疑いの目を向ける。

【カッカッ！　この世界の夜が近づいてきてるな！　このままじゃ、リアルはぬいぐるみに蹂躙され、永遠に人間に戻れなくなっちまうぜ！】

このサムネイルの世界と俺たちの住むリアルは、昼夜が逆転しているらしかった。

　つまりこちらの日が暮れたら、リアルは朝を迎えてしまうことになる。

「リアルが夜明けを迎えたら、ぬいぐるみに変えられたみんなは、本当に元に戻れなくなるのか？」

【ああ、そうさ——神の作った呪いは絶対だ】

と、オルゴールが、俺を指さした。

オルゴールの説明が真実だとすれば、俺に残された時間は、もう僅かしかなかった。

「そんなことはさせねえよ」

俺はグッと、地面を踏みしめる。

するど、悪意が祭壇に玉座を顕現させた。そして、十字架を玉座の背もたれに刺して、

「さあ、つべこべ言ってないで」

深々と腰を掛けると、

「——最後のゲームを始めようじゃないか」

足を組んで片側の肘掛けに頬杖をついたかと思うや、恐ろしい程の冷淡な視線を向け、フロアの俺を見下ろす。

「ラスボス気取りかよ？」

「敵が誰なのか、まだ君は理解していないようだね」

「はあ？　それはどういう意味だよ？」

俺が訊き返すと、悪意は鼻を鳴らして、

「ふん、哀れなものだね」

と、敵意をぶつける。

「俺だって、お前のことが不愉快なんだぜ。ネチネチと俺のクラスメイトに執着しやがって」

「ボクだって本当は、呪いなんて回りくどいやり方じゃなくて、一刺しで決着をつけたかったんだよ？」

そうだ。悪意もまた自分を生み出した神に仕える身なのだ。

自分の目的を果たすために、仕方なくあのサムネイルの野郎の言いなりになっているってことか。悪意の力をもってすれば、もっと楽に俺たちの命を奪う方法なんて、いくらでもあったのだろう。

「お前も、神には逆らえないのかよ？」

悪意の額に、青筋が立つ。

「言ってくれるじゃないか。君にボクを値踏みされるなんて、本当に不快だなあ」

神が呪いに求めているものは、興奮だ。あいつは、呪いというゲームに熱中したいのだ。

神は娯楽のために庄條舞輪の復讐心を利用し、俺たちの人間関係や平穏な日常を引っ掻き回していた。

だから俺は、ぬいぐるみになった友人たちの姿を見やり、心に誓った。

「俺がここで、非情な悪意のループを断ち切ってみせる」

俺が啖呵を切ると、悪意が顔を歪ませ、

「やってみせて欲しいものだよ。出来るものならね」

パチンと指を鳴らした。

「さあ、オルゴール。彼に最後のゲームを説明してやれ」

オルゴールは、ぬいぐるみにされたクラスメイトを背後に従え、カツカツと階段を下りて、

【カッカッ！　よくここまで辿り着くことができたな！　でも、まだまだオイラたちと遊ぼうぜ！】

「もう俺はお腹いっぱいだって。お前はまだ遊び足りないのかよ？」

【なーに、お前の仲間たちだって、きっと遊びたがってるぜ？】

オルゴールの後ろで横並びになった、かつてのクラスメイトたち。彼らと対話できないことが、実に歯痒かった。だが、悲観していても始まらない。

ゲームをクリアしてリアルに戻れば、俺たちはまた平和な日常を取り戻せるのだ。

「そうかよ。それなら、早く決着をつけようぜ」

だが、銃も回収されなかったし、俺は仮装したままだ。

ということは、俺はまた誰かと撃ち合わねばならないのだろうか？

たとえば、目の前のオルゴールとかな。

このウサギのぬいぐるみは、ファンシーな見た目をしているが、恐ろしい異能の使い手なんだ。人間が戦って勝てる相手ではないだろう。できれば、こいつとやり合うのは避けたい。

「なあ？　まさかお前と一騎打ちなんてことはねえよな？」

すると、オルゴールが不敵に笑った。

俺の背中に、ぞっと怖気が走った。

「嘘だろ……ラストゲームは、マジでお前との銃撃戦なのか？」

オルゴールは俺の足元に近づき、

【カッカッ！　心配すんなや！　オイラはナビゲーターで、戦闘要員じゃねえさ！】

「だったら、変な雰囲気を出して、驚かすんじゃねえよ」

すっかり騙されちまったじゃねえか。だが、目の前のぬいぐるみとの決闘を回避できたことに、俺はほっと胸を撫で下ろしていた。

【オイラも役者だろ？　カッカッ！】

と、オルゴールが肩をゆすった。

「いいから、早くどんなゲームか言えよ」

【おう、そうだったな！　最後のゲームはだな！】

俺はゴクリと喉を鳴らした。

【――ロキロキロックンロールだぜ！】

聞き慣れた言葉が登場し、思わず俺の全身が強張った。

「ロキロキロックンロールだと……？」

それは、呪われた者や神様が、幾度となく吐いてきた恐怖の掛け声だった。

さぞ俺の顔は、引き攣っていることだろう。

俺の情けないリアクションを見た悪意が、挑発してくる。

「滑稽だね。さっきは、粋がっていたくせに。すっかり及び腰じゃないか」

「うるせえよ」

俺は反発してみせたが、それは図星だった。殺し合いでも始まるんじゃないかと、内心では戦々恐々としている。

「まあ、そんな難しいゲームじゃないさ。言うなれば、ただの音ゲーさ」

「はあ？　音ゲーだと？」

俺は脱力し、手元の銃をチラリと確認する。

本当に殺し合いではないのか？　じゃあ、この武器の使い道は何なのだ？

音ゲーとは、リズムに合わせてボタンを操作し、楽器演奏を疑似体験するゲームのことだ。

「ってことは、ラストゲームは、『ロキ』を使った音ゲーってことか？」

【ああ、ご名答だぜ！】

と、オルゴールが、どこからともなく太鼓を持ち出して、ドンドンと叩き始める。

まったくこいつは、フザけたぬいぐるみにされた仲間たちに『ロキ』を歌わせるんだよ！】

【お前は今から、このぬいぐるみに、『ロキ』を歌わせるんだよ！】

「はあ？　ぬいぐるみに、『ロキ』を歌わせる？」

ぬいぐるみが歌うと聞いても、ピンとこない。

それに、どうやってぬいぐるみに曲を歌わせればいいんだよ。

「ってか、音ゲーだって言うなら、この銃はどう使うんだよ？」

俺が訊くと、

【そいつでこいつを撃つんだよ】

オルゴールは、自分の身長と同じサイズの音符を顕現させた。

【いいか？　この音符が、高速で次々とお前に迫ってくる。お前は、その銃で、向かってくる音符どもを撃ち落とすってだけよ！】

「音符を撃つと、どうなるんだよ？」

【ガンガン撃ち抜いていけば、最後にゃ、ぬいぐるみが『ロキ』を歌ってくれるぜぇ】

「なるほど……撃った音符が、メロディに変わるってことか？　じゃあ、撃ち漏らして音符が歯抜けになったら、曲は歌われないんだな」

オルゴールは、指をピンッと伸ばして、

【ああ、そうだ！　ちなみにトラップもあるから気をつけろや！　音符に交じって、ぬいぐるみが襲ってくるからな。その場合は銃で撃たずに、手で払いのけろ】

「しょーもない小細工もあるのかよ……」

どうやら一筋縄では、クリアさせてもらえないようだな。

「この音符はね、一つ一つが善意の魂の秘密の欠片（かけら）になっているんだよ」

玉座から立った悪意が、オルゴールから音符を受け取り、俺に向けて掲げる。

「じゃあ、全部撃ち抜かないと、善意の秘密は暴けないのかよ？」

「ああ、そうさ。まあ、善意を切り取られ、悪意として存在するボクの魂には、関係のない話だけどね」

説明を聞いても、俺はしっくりこなかった。

「秘密と呪いに何の関係があるんだよ？」

「だから忠告しただろ？　なぜ、この世界に通じるパスコードが、君たちの秘密だったのか」

「善意の魂が、それを望んだって言いたいのか？」

「一人で抱えるには、心細かったんだろうね。善意はきっと、秘密を共有する仲間が欲しかったのさ」

「つまり善意のその弱さを、神様に利用されちまったってことなのか？」

「そういうことさ。だから、君がプレイしてきたゲームの発案者はボクだけど、この世界を作ったのは、ボクの方じゃないってことさ」

「ボクの方じゃないって……この世界は、善意の魂によって作られた世界だって言うのかよ？」

「うん、ここは神の気まぐれで用意された、善意の魂の隠れ家なのさ。まあ、この呪いのあれこれを脚色するのは、ボクの役目だったんだけどね。おかげですごく楽しめたよ」

「そんな……じゃあ、今回の呪いの発動は、善意のせいだって言うのか？」

善意がこの世界を作った？　秘密を隠し通すために？

なぜ、そんな必要があったんだ。

「これで君も分かっただろ。善意の魂は、神に幽閉されたわけじゃないんだよ」

ようやく俺は、すべてを理解した。

「善意は自分から、サムネイルの世界という殻に閉じこもったって言うのか？」

「その通りさ。彼女は誰かさんと向き合うことから逃げた。それだけのことだよ」

「それが引きこもった原因だって言うのかよ？」

「ああ、すべて無意識だったというだけさ。だから、彼女は、神様に幽閉されたと勘違いしたんだろうね。それが、神に祈った自分の願いだとも理解できずに」

目から鱗の話だった。

「敵はお前じゃないって言ったのは、俺が向き合うべき相手は、善意の魂だからってことだったのか」

このサムネイルの世界は、自分を誹謗中傷した奴らに悪意が意趣返しするために用意されたとばかり思っていた。だが、違った。この世界は、庄條舞輪が、知られたくない秘密に蓋をするために生み出した世界だったのだ。

「何でお前は、その事実を俺たちに隠していたんだ？」

「だって、君たちに知られてしまったら、せっかく自分の意思で引きこもってくれた善意の魂を説得して、引っ張り出すかもしれないじゃないか。みすみす善意の魂が解放されたら、ゲームセットだったからね」

「善意の魂が解放されたら、ゲームが終わっていたってことか？」

「その可能性があったから、真実は伏せていたのさ。姉さんもその事実に気付かないまま、ぬいぐるみになってくれたけどね」

「そうか。お前が庄條さんをぬいぐるみにした本当の理由は、真実に気付かれたら、泣き落としてでも、善意の魂を解放すると踏んだからなのか」

「絶頂でゲームが幕引きにでもなったら、神の逆鱗に触れてしまうだろ？」

「でも、善意は俺たちに、声を届けてくれたんだぞ？　俺に光の加護だって授けてくれたじゃねえか。そのおかげで、大森の光の壁を貫けたわけだし」

「君は乙女心が分かっていないね。知られたくないけど、知られたい気持ちだってあるのさ」

「なんだよ、そりゃ。複雑すぎるだろ」

大森もそんなことを言っていたっけ。女の子には色々あるとか。

善意の気持ちを紐解いていけば、その真偽に辿り着けるのだろうか。

「それにしても、知られたくないのに知られたい感情なんてあるのか？　そんなの矛盾してるじゃねえか」

「その矛盾こそが、この世界の存在する意味なのさ」

「善意の魂の矛盾か……ちくしょう、あいつはどこに隠れているんだよ」

会って話せれば、解決できる悩みかもしれないのに。

顔を見せてもらえないのでは、話が前に進まないだろ。

「これは最初から俺たちとあいつの、かくれんぼだったんだな」

本来この呪いは、サムネイルの世界に隠れた善意の魂の居場所を見つけるゲームだったのだ。

俺は颯爽と、マントを投げ捨てた。すると、腰に手錠を引っ掛けていたことを思い出した。有難く翔也から受け取ったが、そういやここまで使いどころが無かったな。

「まあ、事情は分からねえけど、自分で隠れたって言うんなら、あいつを引っ張り出してやるだけだ」

「ほう、君も残酷だね」

「何がだよ？」

悪意は、かぶりを振った。

「いいや、何でも。まあ、せいぜい見つけてあげなよ、彼女の魂を」

と、悪意は、音符を宙に放り投げた。その黒い塊はサラサラと砂埃と化して、風に溶ける。

「ああ、言われるまでもねえよ。必ず、善意を見つけ出してみせる」

オルゴールが大きな耳をピョコンと動かした。

【おうおう！　準備が整ったってことで大丈夫か？】

「おう、いつでもいいぜ」

【カッカッ！　ほんじゃあ、最後までゲームを楽しもうぜ！　――ロキロキロックンロール！】

オルゴールが唱えると、周囲に異変が起きる。

「おい、これはどうなってるんだよ？」

悪意の玉座だけを残して、辺り一帯は闇に飲み込まれていく。

これは、この世界に夜の帳が降りたということだろうか。

「こっちが夜になったら、アウトじゃなかったか？」

俺の胸がざわつき始める。

だが、悪意が意地悪な笑みを浮かべていた。

「心配いらないさ。この闇は、夜の訪れを告げているわけではないよ。この世界が、本来の姿を取り戻したと、解釈してくれたらいいさ」

「元に戻ったって言うんなら、ここには何があったんだよ？」

この世界は、こんな暗く静かな世界だった？　そして、善意の魂が隠れている場所……。

「ほら、見覚えがないかい？」

俺は闇の中に浮かぶ、不思議な正方形の枠を見つけた。それぞれ色の違うその箱のようなものは、何個もこの世界に漂っており、刻印されたロゴを見て、俺は確信する。

「これって、スマホアプリのアイコンか？」

「ようやく気付いたようだね。ここは、君のスマホの中なのさ」

俺は絶句する。

「俺の魂は……いや、みんなの魂はずっと、俺のスマホの中に転移させられていたってこ

となのかよ？」

確かに善意の白雪舞輪が最初に現れたのは、俺のスマホだった。

俺は液晶画面の中を駆け回る彼女の姿を、はっきりと覚えている。

だから、魂がスマホの中に入るということ自体は、有り得ない話ではないかもしれない。

「じゃあ、『ロキ』のサムネイルは、俺のスマホにあった世界ってことかよ？」

「それは違うね。君のスマホの中に、サムネイルに似た世界を複製したという方が正しいと思うよ。尤も、あの世界がどこにあるかなんて、ボクも知らないんだけどね」

俺のスマホが、神秘的な世界と繋がっているなんてオチはごめんだ。

ただでさえ理不尽な呪いに巻き込まれて、迷惑を被っているんだからな。

「でも、善意は、俺のスマホから消えたはずだっただろ……？」

そうなのだ。善意の白雪舞輪は、最初の呪いを解いたフェス会場で、光の粒子になって消えたはずだ。まさかその後も、俺のスマホに居座っていたのか？

「未練というのは恐ろしいね。彼女の残滓は、君のスマホの中に留まり続けていたってことさ。そのおかげで、ボクも復活できたってわけだよ」

「未練だと？　あんなに楽しそうに歌ってくれてたじゃねえか……あいつは、この世界で何をやり残したって言うんだよ？」

「それは君がゲームに勝って、確かめてあげなよ」

　ふと俺の足元に、光の枠が現れた。浮き上がった枠は、ざっと横並びで五列ある。

「オルゴール、この枠は何だ？」

【その枠を通り過ぎるまでに、音符を撃ち落とすんだぜ】

「当て損ねたら、どうなる？」

【善意の魂の秘密が、完成しなくなるだけだ】

「そんな……それなら、たったの一度も失敗できないって言うのか？」

【別に気の済むまで、やり直せばいいさ。でも、ゲームをクリアする頃には、リアルは夜明けかもな。カッカッ！】

「くっ、何度でも挑戦はできるけど、時間的制約はあるってことか」

　要するに、とっととクリアすればいいってことだ。

「分かった。いい加減、腹を括ろうじゃねえか」

【ミュージックスタ～ト！】

　オルゴールの号令が響くと、この暗い空間に、『ロキ』の演奏が鳴り始める。

　まるでライブハウスのフロアに立っているようだった。まとわりつく闇は、壁が存在するかのように、ドンドンッと大きく揺れてみせる。

　そして、俺の正面の空間が割れ、そこからポンポンと幾つかの音符が現れた。

　イントロが大音量で耳に響いてくる中、風に煽られたみたいにビュンと音符は俺に向かってくる。

「こいつを撃てって言うんだな」

最初の一つを撃ち落とすことは容易だった。枠を通り過ぎる前に、弾を命中させると、音符は弾け飛んで、ぬいぐるみたちがピクリと反応した。

「撃ち落とし続ければ、本当にぬいぐるみが歌ってくれるようだな」

しばらくは、音符が流れて来る速度も緩やかだった。動きを見切れば、余裕で当てられる。

だが、ゲームが進むうちに、やはり難易度が上がっていくようだった。

「くそっ、連射する必要もあるのかよ」

五つの音符が連なって迫ってくる場合や、間隔を空けて複数登場するパターンなんかもあった。そして、後半になるにつれ、音符のスピードは、目に見えて速くなるのだ。

尚且つ厄介なのは、音符に紛れてやってくるぬいぐるみだ。

「くそっ、こいつは手で叩き落とすんだったよな」

ぬいぐるみは視界を塞ぐように、俺の顔面に飛び掛かってくるのだ。

そいつらに気を取られている間に、いくらか音符を撃ち漏らしてしまった。

はっきりとした手応えを得られないまま、『ロキ』がアウトロを迎えた。

「これで、ゲームは終了かよ?」

どうも初戦は、失敗に終わったようだ。

ぬいぐるみにされたクラスメイトたちが、俺に歌ってくれることはなかった。

「そうか。引き金を引くにもリズムがあるよな」

俺は指をリズミカルに動かしながら、タイミングを計る。

「よし、もう一回だ」

【カッカッ！　まあ、せいぜい頑張れや】

俺がおかわりを要求すると、また空間が割れ、音符が排出されてきた。

こうなったら何度も挑戦して、体にリズムを覚えさせていくしかねえ。

俺は、銃を構える。

スプライツと庄條舞輪で、幾度となく『ロキ』を演奏してきたんだ。

翔也の力強いドラムが、律人の軽やかなベースが、庄條舞輪の懸命な歌声が、俺に寄り添ってくれている気がする。

俺には手に持った武器が、いつも自分が爪弾いていたギターみたいに思えてきた。

出だしは緩やかに、音符が向かってくる。俺はその場でステップを踏み、体が覚えている『ロキ』のリズムを足で鳴らした。伴奏に合わせるように足で歌ってみる。

すると、音符を撃つタイミングと俺の足踏みが、面白いように揃っていく。

「これならいける」

コツを掴んだか？　ステージでギターを掻き鳴らすイメージだ。

滾る熱意を指先に込めろ。オーディエンスに届けたいメロディをがむしゃらに弾け。

そうして善意の魂が鍵を掛けたドアを、俺がこじ開けるんだ！

「待ってろよ、白雪舞輪！」

たまに出没するぬいぐるみも、出てくるタイミングは毎回同じのようだった。難なく叩き落として、俺はサビまで、ノーミスで迎えることができた。

「よし、じゃあ次はAメロの繰り返しだよな」

俺は『ロキ』を理解しているはずだなんていう慢心があったことは否定しない。

だが、奇妙な感覚に襲われていく。

知っているはずのメロディが、知らないリズムを刻んでいる。

どういうわけか、二度目のAメロに差し掛かった途端に、足踏みがズレるのだ。

「何でだ？　何か息が合わないな……」

悪意がニヤリと笑う。

「それは合わないに決まっているさ。だって、君が頭で歌っている『ロキ』と、今流れている『ロキ』は、まったく違うんだから」

「そんなわけねえだろ？　俺が何百回、『ロキ』を演奏してきたと思ってやがる！」

「ふふふ、そういう問題ではないんだよ」

だが、悪意の言う通り、違和感は拭い去れず、俺の挑戦はまたもや失敗した。

「何だ？　何かがおかしいぞ」

だが、違和感の正体が分からず、モヤモヤしてくる。

「一回だけ、捨ててみるか」

俺は銃を地面に置いて、イメージトレーニングに専念することにする。

【カッカッ！　面白(おもしれ)ぇじゃねえか！　いいぜ、試してみろや！】

バックミュージックに合わせて手を叩き、『ロキ』の歌詞をなぞり、違和感の正体を探る。

「やっぱり俺が体で覚えているリズムと一緒だよな」

サビを終え、リズムはイメージとフィットしていた。

「まただ……」

ところが、Ａメロが二周目に入ると、またもリズムがズレるのだ。

どうも俺が口ずさむ歌詞と、バックミュージックのテンポにズレがあるようだ。

「リズムが合わないってことは、もしかして文字数が合ってないのか？」

いや、そんなはずはない。それとも今鳴っているこの曲は、俺の知っている『ロキ』じゃないとでも言うのだろうか？

「いや、むしろ何で俺は、不思議に思わなかったんだよ」

俺は薄(う)っすらと、その原因に思い至っていく。

「そもそも、何で『ロキ』に、二回もAメロがあるんだ？」

俺の知っている『ロキ』は、イントロ、Aメロ、Bメロ、サビと行って、Cメロに向かうはずだ。俺はゲームの尺を稼ぐために、一番を繰り返し流しているとばかり思い込んでいた。だが、明らかにそうじゃない。その先入観こそが、違和感の正体だった。

もしかすると、『ロキ』には、俺の知らない歌詞が存在するのではないだろうか。

「善意の魂の秘密は、ロキの歌詞に続きがあったってことなのか？」

バックミュージックが鳴(な)り止(や)み、俺が悩んでいると、

【白雪(しらゆき)のアネキ！　あいつは、どうやら気付いちまったみたいですぜ】

オルゴールが慌てている。

「はあ……やれやれ。まったくボクの片割れの魂は、世話が焼けるよ。どうしてこれくらいのことを、はっきりと言葉にできなかったものか」

悪意が不機嫌に、玉座で足を組み直す。

すると、俺は奇妙な感覚に襲われる。先程、大森(おおもり)を撃った時にも味わった、あの現象だ。

俺が知らないはずの言葉が、どんどんと頭に浮かんできては消えていく。

それらが、ズレていたはずのリズムに、スパスパとハマっていくのだ。

「おい、何で俺に続きが分かるんだよ……」

その理由は分からなかったが、俺はやっと手に入れた。

俺の知らなかった『ロキ』の秘密。善意の白雪舞輪(まろん)が隠したがった秘密。

つまり、それはこういうことだ。

「庄條(しょうじょう)舞輪の作った『ロキ』には、隠された二番の歌詞があったってことか？」

オルゴールが、震えている。

【ヤバイぜ、アネキ！　あいつ、とうとう秘密を暴いちまったぜ！】

「そうか……俺の予想は当たったみたいだな」

だが、もう一つ気になることがあった。

俺は、封印されていたその歌詞を、自ら口にしたような記憶があるのだ。

「でも、俺はフェスのＭＣで、この秘密のはずの歌詞に似た煽(あお)りをしたんだよな。あれは何だったんだ？」

悪意が、苦々しそうに奥歯を鳴らす。

「それは、君と彼女がシンクロしていたからさ」

「シンクロだと……？」

「ボクが君たちを脅威に思っていたのは、二人の演奏の呼吸が合っていたからではないよ」

「じゃあ、俺と彼女の何がシンクロしていたって言うんだよ？」

悪意は右手で、自分の心臓の辺りをバンと叩(たた)きながら、静かに目を閉じて言った。

「――君たちの魂がだよ」

その言葉を聞いて、すべての現象に合点がいった。

俺と善意の白雪舞輪(しらゆきまろん)の魂がシンクロすることで、彼女の魂に刻まれ、封印したはずの歌詞が、俺の心に届いてしまったのだ。

「じゃあ、俺のスマホに彼女が住み着いた時から、俺たちの魂は互いに共鳴し合っていたのか？」

そんなことってあるのか？　俺があいつに話し掛ける度に、俺とあいつの仲が深まる程に、俺たちは魂で繋(つな)がっていったって言うのかよ。

「でも、そうでもなきゃ辻褄(つじつま)が合わないよな」

魂が重なったからこそ、俺は彼女しか知り得ない秘密を知ることができた。

それはとても光栄なことだ。彼女にとって、俺はきっと特別な人間なのだから。

「ははは、俺たちは魂でデュエットしていたってことか――」

その時、玉座に刺さった十字架が、眩(まばゆ)い光を放った。

気高い光が、人型のフォルムに変わっていく。浮かび上がる表情は、優しい女の子のものだ。どういうわけか十字架が、女の子に変化してしまったではないか。

「やっぱりそうだったのか……」

忘れるはずはなかった。悪意と同じ格好をしているが、その表情は善意に満(み)ち溢(あふ)れている。

　照れ臭そうにその女の子は、モジモジと手をお腹の辺りで重ねている。

『——やあ、小鳥遊くん。やっと面と向かって会う機会が訪れたね』

「善意の白雪舞輪……ってことで、いいんだよな？」

『うん、そうさ。ごめんね、ボクのせいで、こんな辛い世界に、君を召喚してしまって』

「いや、別に恨んでねえよ」

　俺が確かめたいことは、俺を召喚した理由じゃない。

「どうして、この歌詞を隠したんだ？」

　俺が知りたいのは、その歌詞を秘密にしたことだ。

『へっ？』

　と、善意は、素っ頓狂な声を上げる。

「えっ？　どうした？　その間抜けなリアクションは、何なんだ？」

　戸惑った様子の彼女に、理由を訊いた側の俺も狼狽する。

『参ったよ。魂がシンクロして、心を読まれたと思っていたのに、肝心の気持ちは伝わっていないんだもん』

　白雪舞輪は、口を両手で覆い、うずくまってしまった。

「何がどうなってるんだよ？」

理解が追い付かない。どうして善意は、こんな妙な反応をしてるんだ？

だが、悪意も呆(あき)れたみたいに、眉間を指で摘(つ)まんでいる。

「君は本当に酷(ひど)い奴(やつ)だね」

「いや、何で俺が非難されてるんだよ」

だが、善意はすっと立ち上がると、深呼吸をした。

『うん、取り乱してごめんね。もう大丈夫だから』

そう言って善意が手を虚空に翳(かざ)すと、銃が顕現した。

『それじゃあ、改めてこの気持ちを君に伝えるために』

「二人プレイで、ゲームに挑もうって言うのかよ？」

『そうさ。なんたってボクたちは、魂がシンクロしてるんだからね』

「ああ、そうだったな」

俺はフェスで体験した感動的な光景が蘇(よみがえ)り、高揚感で胸が熱くなっていく。

「だったら、白雪舞輪(しらゆきまろん)？　もうどこにも行かせないぜ」

『えっ？　ちょっと小鳥遊(たかなし)くん？』

使いどころはここだな。俺は善意を逃がさないよう、俺たちの手首に手錠を掛けた。

「これで、俺から離れられねえな」

『——君は時々、本当にとんでもないことを考えるよね……』

そう言って赤面する善意と俺は背中合わせになり、互いに片腕を持ち上げた。
魂になった俺たちにも、ぬくもりはあるのだと知った。
背中に感じる、少女の魂の熱。それは、とても心地よい温度だった。
『君はボクのテンポについてこれる？』
「ああ、遅れは取らねえよ」
俺たちが銃を構えたところで、オルゴールが叫んだ。
【ぐぅぅ……もう好きにしろや！】
そうして再び『ロキ』が流れ出すと、裂けた空間から音符が俺たちに迫ってくる。
俺たちの放つ銃弾が、面白いように音符を蹴散らしていく。
「なあ？　俺の中に、そっちの感情が雪崩れ込んでくるぜ」
『うん、君の気持ちだって、こちらに流れてきているよ』
手錠で繋がれた俺と彼女の心は、文字通りシンクロしているようだ。
庄條舞輪が秘密にしていた気持ちが、俺の胸の中に溢れる。
もっと生きたいという切なる願い。
もっとロックを掻き鳴らしたいなんていう音楽への憧憬。
そして、俺のステージを観て深めた、ある密かな想い……。
こんなものを、本当に俺なんかが覗いても良かったのだろうか？

この最後のゲームは、庄條舞輪のパスコードを紐解くゲーム。いや、この世界の存在自体が、彼女にとっては秘密基地だったのか。

「白雪舞輪の魂は、本当に幽閉されたわけじゃなかったんだな……」

彼女は、自らこの世界に隠れた。知られたくない秘密を隠すために。

「だったら、白雪舞輪！　隠してしまった気持ちを、全部いただくぞ！」

俺たちがすべての音符を撃ち抜くと、ついにぬいぐるみたちが歌い始めた。

その伸びやかな声には、怨嗟や畏怖などという感情は、一切含まれていない。

ぬいぐるみたちは愉快そうに、彼女の隠した気持ちを歌い上げる。

『何でボクがこれを秘密にしなきゃいけなかったか、分かってくれたかい？』

「そうだな。でも、俺のパスコードも、そっちにバレちまってるんだよな？」

『うん……だから、ボクは秘密にしたんだ。でも、もう誰にも遠慮なんかしてやらないよ。やっと歌えるのさ——本当の「ロキ」を！』

ゲームをクリアした俺たちに、ご褒美が待っていた。

あのフェスのステージのような、目の前で繰り広げられるぬいぐるみたちによるロックショー。そのメロディには、悪意なんてこもっていなかった。

可愛らしいぬいぐるみたちが、ジタバタと短い手足を動かしながら熱唱する。

その澄んだ美しい歌声に、俺は酔いしれていた。

すると、俺の隣で白雪舞輪も、大声でその秘密を歌い上げる。

『――薄っぺらいラブソングでもいい』

誰かを好きになるって、こんなにも苦しいことだったのか。
恋愛は、さながら呪いのように、俺たちの心に絡みついていく。
翔也と黒木がそうだったように。
ズレ始めた感情の歯車を調整する手立てを知らずに、皆は立ち止まり、背を向け合う。
ある者は別れを選び、またある者はその感情を永遠の秘密として閉じ込めた。
だが、本当はもっと簡単なことのはずなのだ。
人を愛するという感情は、もっと荒々しくて、傲慢で、とびっきり楽しいものなのだ。
なあ？　それって、何かに似てると思わないか？
ああ、そうだよ。俺たちが愛してやまない――ロックンロールとな。
だから、全力で撃ち抜いてみせろよ。
誰かの心に、白雪舞輪の胸に秘めた弾丸を！　ぶちこんでやれよ！
『「――さあ目の前のあの子を撃ち抜いてみせろよ！」』

白雪舞輪と俺の歌声が――シンクロした。

俺の心に届いた、彼女の弾丸は、むず痒くて、それでいて悪い気はしなかった。

「ありがとうな」

俺が囁くと、

『君を好きになれて、ボクは幸せだったよ――』

白雪舞輪は自らの口で、秘密を打ち明けたのであった。


悪意が苦虫を噛み潰したような顔で、こちらを威嚇していた。

「おのれ、小鳥遊六樹……また君のせいで、ボクの計画は破綻するのか」

「ああ、お前が神に媚びて、何度呪いを復活させようと。俺がお前の目論見を、全力で叩き潰してやる！」

「ふん、言っておけ。ボクも君に宣戦布告しよう。ボクは何度でも呪いと共に復活してやるさ。君たちは、ボクを甘く見ない方がいい。だって、ボクは君たち人間の心に棲みつく悪魔のような存在なんだからね」

と、悪意が言うや否や、俺の視界が突然、まったく違う景色に切り替わった。

俺は、最初に転移した『ロキ』のサムネイルの部屋に佇んでいた。

「あれ？　何でここに？」

瞬間移動でもさせられたって言うのか？

【カッカッ！　驚くことはねえさ。ここがこの世界の玄関みたいなものだからな】

ペタペタと陽気な足音を立て、オルゴールが俺に向かってくる。

「俺は最後のゲームをクリアできたってことでいいのかよ？」

【ああ、そうだ。だから、スタート地点に戻ってこられたんだぜ】

「なら、良かった……」

俺は周囲を見渡す。そして、自分の手首から垂れる手錠を見つめた。

「ところで、悪意はどこに行ったんだよ？　それに善意の姿もねえぞ？」

逃がさないようにと繋(つな)いでいたはずの相棒が不在だった。

【カッカッ！　白雪のアネキたちは、お役御免ってこった】

「何だと？　白雪舞輪の魂は、どっちも消滅したってことか？」

【カッカッ！　そうは言ってねえだろ。次の呪いが起こるまで、アネキの魂はまた冬眠に入るんだよ】

「じゃあ、善意の魂も冬眠したってことか……？」

【カッカッ！　そんなに善意に会いたいかよ？　善意が蘇(よみがえ)るってことは、対になる悪意も現れるんだぜ？】

「ああ、そうだったな。まあ、悪意の根絶なんて無茶な話だよな」

オルゴールは、まじまじと俺の顔を凝視する。

「気持ち悪いな。何を見てるんだよ」

【今回は、お前に教わったよ。お前たちは、人間の悪意は終わらないって言うけどな。オイラからすれば――】

オルゴールは、耳をピョコンと跳ねさせる。

【――人間の善意だって終わらねえじゃんか】

俺は呆気に取られる。

「お前がそんな風に言うなんて、雪でも降るんじゃやねえか？」

【本当だな！　悪意の化身たる俺が言うのも変な話だったぜ！　カッカッ！】

オルゴールは、ご機嫌な様子で尻を振る。

【さて、じゃあすべてのゲームに勝ったお前には、ご褒美だぜ】

俺の前に、クラスメイトたちのぬいぐるみが顕現した。

「無事だったかよ、みんな！　って、おい！　何でぬいぐるみのままなんだよ？」

【カッカッ！　安心しろや。こいつらは既に、お前さんが歌った本物の『ロキ』を耳にしてるんだ。もうじき、ちゃんと元通りになるさ。それにゲートを通ってリアルに戻るには、小さいままの方が便利だろ】

「その話、信じていいんだな？」

【疑うんなら、連れて帰らなくていいぜ？　ここでオイラたちと冬眠するか？　二度と魂は、元の体に戻れなくなるけどな。カッカッ！】

「分かったよ。みんなの魂を返してもらうぞ」

俺は両手いっぱいにぬいぐるみを抱える。

【そんじゃまあ、とっととそのテレビに飛び込めや！】

「おう、世話になったな」

【カッカッ！　いいってことよ。オイラもたくさん遊べて楽しかったぜ！】

俺は、抱えていたぬいぐるみたちを、先にブラウン管テレビの画面に押し付ける。

すると、オルゴールの言うように、テレビ画面に、みんなが吸い込まれていった。

「ちょっと待て。俺は、人間の形のままで戻れるのかよ？」

【ああ、そうだな。ちょっとサイズ的に手こずるかもしれねえが、大目に見ろや】

「えっ？　それってまずいんじゃ？」

こんな小さい画面なんだ。体が引っ掛かったりしないのだろうか？

【カッカッ！　いいから、帰れや！】

オルゴールが俺を蹴飛ばしやがった。

「お前、蹴るんじゃねえよ」

つんのめった俺は、そのまま顔から画面に突っ込んだ。

「何だ、変な感触だぞ？」

行きは気絶していたから分からなかったが、テレビの中は、何やらぬるっとした触感だ。

そして、とんでもない力で、俺はその暗がりに吸引されていった。

「ダメだ、腰が引っ掛かって痛いぞ！　おい、やっぱり俺をぬいぐるみにしてくれ！」

【カッカッ！　すっぽり入っちまったら、後は楽になるから頑張れや！】

と、俺が足をジタバタさせていると、ようやく全身が画面を通過できた。

深海に沈んでいくような感覚だ。しかし、不思議と嫌な気分ではなかった。

俺はしばらく砂嵐の中を漂っていた。そして、不意に画面のあったところを見やると、
オルゴールがこちらを覗き込んでいた。

【カッカッ！　また誰かを呪いたくなったら、いつでもこっちに来いや！】

「フザけるな！　もうこんな世界は御免だぜ」

俺の体は、どんどん奥へと沈んでいく。そして、段々と俺の意識は薄れていった。

【じゃあな！　オイラ、お前らのことを気に入ったぜ！　またいつか遊ぼうや！】

オルゴールの声が、遠のいていく。

【リアルに着いたら、完成した『ロキ』を歌えよ！　それで、ぬいぐるみは人間に戻るからな！】

BYE BYE

濁った水中から見るかのように、ウサギのシルエットは暗く、ユラユラ歪(ゆが)んで見えた。

そして、オルゴールはまだ何か叫び続けているようだった。

喋(しゃべ)っている内容は判然としなかったが、最後にはっきりと、その台詞(せりふ)だけは聞き取ることができた。

【――WELCOME TO THE CURSED WORLD!】

呪いの世界へようこそ。サムネイルの世界は、いつでも俺たちを歓迎してくれているようだった。

最終章 トリック・オア・トリート

俺は、とても長い夢を見ていたような気がする。それは、秘密の流出を防ごうとするクラスメイトたちが潰し合う、悲しい夢だった。

強制的に参加させられた不条理なゲームのおかげで、誰もが人間不信に陥り、仲間を出し抜き反目し合う。そして、明かされた皆の秘密は、どれも残酷で痛々しかった。

俺は彼らの悲しみや、怒りや、後悔に触れた。そして、俺だけが生き残った世界で、それでも銃を握ったのだ。この不毛な呪いの連鎖を断ち切るために。

俺は様々な試練を乗り越え、ついにサムネイルの世界の秘密は暴かれた。

庄條舞輪の抱える秘密を利用して、神様が打ち立てた空間。それが、あの不思議な世界の真実だった。しかも、俺たちが転移していた場所は、俺のスマホの中だったのだ。

朦朧とする意識が覚醒し始め、俺が薄目を開けると、

「あれ？　俺は何をしてたんだっけ……？」

頬に冷たい感触が伝わり、ブルッと寒気が走った。

ペタペタと手を突いてみると、ひんやりと硬い感触があった。どうやら俺は、うつ伏せで倒れてしまっていたようだ。

「はあ？　何でこんなところで寝てたんだ？」

ゆっくり体を起こすと、そこは学校の廊下だった。

「そうか、俺はサムネイルの世界から、リアルに帰還できたのか！」

だが、俺がパスコードを登録したのは、体育館だったはずだ。

「廊下まで来ちまってるってことは、俺の体はみんなを襲って回っていたんだろうな」

魂がサムネイルの世界に転移している間、俺の肉体は人間たちの悪意によって操られていたのだ。そして、この学校にいた者たちを銃撃し、ぬいぐるみに変えていたのだろう。

俺は足元に転がる一体のぬいぐるみを手にして、

「ちくしょう……俺がみんなを、ぬいぐるみにしたのかよ？」

その記憶はないが、罪悪感で心がはち切れそうだった。

「ごめんな。必ず、元に戻してやるから」

と、俺はそっとぬいぐるみの埃を叩き、手近にあった棚の上に置いてやった。

「しかし、人の気配がしねえな」

ハロウィンパーティーで賑わっていたはずの校舎は、今や閑散としているのだ。それは、この空間から人が消え去り、ぬいぐるみに変えられてしまったことを物語っていた。

「あいつらも、ちゃんとリアルに帰って来れたのかよ？」

サムネイルの世界に魂を転移させられたクラスメイトたちは、無事に帰還できたのだろうか。本当は一人ずつ見つけて、確かめたいところなのだが、そんな暇はないのだ。

「ダメだ、もう時間がねえ……」

廊下の窓から薄明かりが差し込み、空が白み始めていた。

足元を照らす微かな明かりで、夜明けが近いことを知り、俺は焦りを覚えた。

オルゴールの話によれば、朝になれば、ぬいぐるみになった奴らを元の人間に戻せなくなってしまうらしい。そして、あいつは最後に完成した『ロキ』を歌えと、俺を送り出した。それでぬいぐるみが人間に戻るんだとか。その言葉を信じていいのだろうか。

「いや、信じるしかねえだろ。でも、学校中のぬいぐるみに、『ロキ』を歌い聴かせて回る時間なんて無いぞ……」

俺が、あたふたしていると、

「六樹！　無事だったんだな！」

駆け寄ってきた親友の声を聞き、俺は安堵した。翔也が無事ということは、完成した『ロキ』を聴けば、ぬいぐるみが人間に戻るというオルゴールの話は、たぶん本当なのだろう。

「また会えて嬉しいぜ」

ふと、翔也は、俺に向けて手を差し出す。

「ああ、俺もだよ。本当に、帰ってこられて良かったぜ」

そうして二人で、ガッチリと握手をする。

「でも、翔也？　ゆっくり語らうのは後にしようぜ」

「そうだな、もうちょっとで夜が明けちゃうんだもんな」

だが、ここで翔也と合流できたことは、好都合だったかもしれない。

「なあ？　二手に分かれねえか？」

「うん？　どういうことだよ？」

翔也が首を傾げる。

「翔也は、クラスメイトのみんなの安否を確認して回って欲しい」

「そうか。全員がちゃんとリアルに戻ってこられたか、見届けないとな」

サムネの世界に魂を取り残された奴だっているかもしれない。

万が一ってこともあるのだ。最悪の想定はしておかなければいけないだろう。

「じゃあ、六樹はどうする気だ？」

「俺は……みんなを人間に戻すために『ロキ』を歌う」

「それが呪いを解く方法なんだな。でも、歌うって一人でか？」

と、その時、俺のポケットから、あの声が聞こえた。

『──その仕事を、ボクにも手伝わせてくれないかな？』

翔也は驚いて、目を丸くした。

俺も驚愕したが、すぐに気持ちを立て直し、スマホを取り出した。

「白雪舞輪？　どうやって俺のスマホに戻ってきたんだよ？　冬眠したって聞いたぞ」

オルゴールが嘘をついてたってことか？

『いや、戻ってきたわけじゃないさ。だって、ボクはずっとここにいたんだから』

「ああ、そうだったな」

『ボクは眠らずに済んだみたいだ。もう君に隠し事なんてする必要もないしね』

善意は、晴れやかに微笑んでみせる。

隣の翔也は腕を組んで、不思議がっていた。

「おい、ずっと六樹のスマホにいたっていうのは、どういうことだよ？」

そうか。その事実を知っているのは、あのサムネイルの世界で、最後のゲームをプレイした俺だけなのか。

「あのサムネイルの世界は、俺のスマホの中だったらしいぜ」

脱力した翔也が俺の肩に手を置き、苦笑する。

「おいおい、嘘だろ……オレはさっきまで、お前のスマホに居たってことか？」

「深く考えたら病むぞ？　魂がスマホの中に旅行してたって思えばいいだろ？」

「ああ、そうするか。『ロキ』の呪いだったら、もう何でも有りだもんな」

さて、これで役者は揃ったってことでいいのだろうか。

「後は、どうやってみんなに歌を聴かせるかだよな」

この学校中に俺たちの歌声を届けないといけないのだ。当たり前だが、どれだけ声を張り上げても、この広大な敷地のすべてに届くことはないだろう。

「体育倉庫に拡声器があるだろ？　取って来ようか？」

翔也が提案してくれたが、

「いや、もっと一遍に歌声を聴かせる方法を考えねえと」

俺は窓から外を眺める。

「あそこにも、ぬいぐるみにされた奴らがいるんだよな」

となると、グラウンドにも歌を響かせないといけないってわけか。

と、白雪舞輪が、閃いたと言うように手を叩いた。

『フェスの時みたいに、ボクが電波ジャックするとか？』

「いや、何の電波を乗っ取る気なんだ？」

『あっ、そうか……モニターなんかないもんね』

と、翔也が、俺の肩を叩いた。

「そうでもないさ、電波ジャックって名案かもしれないぞ」

「はあ？　どういうことだよ？」

「昼休みに、放送部が音楽を掛けてるじゃん？　あれをいつかスプライツの音源に変えるって悪戯を考えたことがあったよな？」

俺は、翔也と目が合った。

「「それだ！」」

スマホの中で、『えっ？』と、白雪舞輪が不思議がっている。

「校内放送だよ！　放送室から歌えば、この学校中に余すところなく声を届けることができるんだよ！」

そうだよ。チャイムだって、いつもスピーカーから流れているんだ。あれなら、校舎内はおろか、グラウンドだってカバーしている。

「そうと決まれば、急ぐぞ？」

翔也が頷く。

「じゃあ、オレは他の奴らを探しにいくな」

翔也が走り出そうとした時だ。

ふと、俺はサムネイルの世界で誓ったことを思い出した。

「そうだ、翔也？」

「何だよ？」

翔也を呼び止め、俺は拳を宙に打ち込んだ。

「お前を、一発殴らせろ」

翔也は、目をパチパチとさせた。

「はあ？　何か六樹に恨みを買うようなことをしたか？　それともあっちの世界で、お前に銃を向けたことを、まだ根に持ってるのかよ？」

「俺の個人的な遺恨とかじゃねえよ」

「じゃあ、何でオレが殴られる必要があるんだ？」

俺は真剣な眼差しで、翔也に訴えかける。

「黒木の代わりに、お前を殴るんだよ」

得心が行ったように、翔也はふっと笑った。

「なるほどな……オレのパスコードを観たからってわけか」

翔也は、覚悟を決めたように、俺と向かい合わせになった。

「いいぜ。それで気が済むなら、殴れよ」

「ダメだ。お前の気持ちを先に聞いてからだ」

「何だよ、オレの気持ちって？」

「お前はまだ、黒木真琴が好きなんだろ？」

翔也は、表情を崩さなかった。

「もう他の子と遊ぶのもやめろよ。黒木が可哀相だろ」

「でも、真琴が呪いを布教させようとしていたのも、オレのせいなんだろ？」

翔也は、その悲しい記憶とて取り戻していた。

「だから何だって言うんだよ」

「オレはあいつの人生を二度も変えちまったんだ。今更どのツラ下げて、好きだなんて言えるんだよ」

「素直に言ってやればいいじゃねえか。黒木は今も、それを望んでいると思うぞ？」

「お前は、オレの過去を観たんだろ？　たとえ真琴が許しても、親父さんが俺を許すことはないって」

「もう逃げるなよ。親父さんのことだって、お前の努力次第で何とでもなるはずだろ？」

「逃げるな、か……ったく、六樹は手厳しいな」

翔也は、顔を伏せた。そして、にっこりと微笑み、

「あの時、お前たちに相談できていたら、もっと別の選択肢もあったのかな？」

翔也は、はぐらかしているが、黒木に好意を残していることは間違いないと思う。

でも、彼女に対する罪悪感が、その思いを阻んでいるのだろう。

「なあ？　俺たち、バンドマンだよな？」

「おかしなことを言うな。それが何だって言うんだよ？」

「バンドマンなら好き勝手やれよ。それが、ロックだろ？」

翔也は、キョトンとした顔をする。

「ははは、お前には敵わねえよ」

翔也(しょうや)は失笑しながら、俺に頬(ほお)を差し出す。

「ちょっと頭を冷やしたい。やっぱ殴ってくれ」

「いいんだな？」

「殴られて何が変わるか分からないけど、自分をリセットしたいんだ」

「分かった」

俺は静かに頷(うなず)き、翔也の頬を殴った。

人を殴り慣れていない俺の拳には、痛みが走った。だが、翔也はもっと痛かったはずだ。

廊下を見つめ、何かを懐古しているような目をしていた。

「真琴(まこと)の親父(おやじ)さんに殴られた時より、痛かったかもな」

翔也は自嘲して、

「あの時は、体よりも、心にダメージが来たもんな」

「だったら黒木(くろき)だって、ずっと苦しんでいたはずだぞ？」

「うん……分かってる」

翔也は深呼吸をする。

「サンキュ、六樹(むつき)。おかげで目が覚めたよ」

「黒木に謝りに行くのか？」

「いいや、まずは手始めに真琴の親父さんに会いに行ってくるよ。許してもらえなかったとしても、何回だって通ってやる。真琴と話すのは、それからだろうな」

　赤くなった頬をさすり、翔也は俺に笑った。

「お前はすげえよ。ちゃんと筋を通す男なんだな」

　翔也は、律人の母親の説得にも当たってくれていたと聞く。その熱意があれば、きっと大丈夫だと俺は思う。

「さあ、話の続きは、みんなを元に戻してからだな」

「望むところだ。派手にぶちかましてこいよ、六樹？」

　そして、俺たちは別々の方向に走っていく。

　白雪舞輪が、嬉々として、

『男の青春って美しいね』

「何か、楽しんでないか……？」

　そんな風に言われると、少し恥ずかしくなってきた。

「そういや、放送室って何階だったっけ。確か上の方にあった気はするが」

　普段、授業で使わない部屋だから、うろ覚えだ。

「部室棟は、生徒会室のある方だったよな。だったら、そっちに向かうか」

　俺は、大急ぎで生徒会室に向かった。そして、その棟にある部屋のプレートを片っ端から確認して回る。すると、放送室は、最上階に存在した。

「あった！　ここだ」

慌ててドアノブを捻る。だが、回転してくれない。

「くそっ、施錠されてるか」

職員室に鍵を取りに行くしかねえ。でも、大丈夫とは思うが、どれが放送室の鍵かを見分けられなかったらどうする。

「その時は仕方ねえ。あるだけ全部、かっぱらってくるか」

と、階段を降りようとしたのだが、

「おい、誰だ？」

コツコツと階段を上ってくる靴音が聞こえてきたので、俺は警戒する。

踊り場に現れた人影は、制服を着た、髪の長い女の子だった。

俺は、目を凝らす。すると、見覚えのある少女の顔が見えた。

「黒木なのか？」

「ええ。まずは、おかえりなさいと言えば、宜しいのでしょうか？」

こいつは、ハロウィンパーティーで俺を襲撃者から逃がしてくれた。

だが、無事だったことに驚いた。

「あの悪意の軍勢を相手にぬいぐるみにならずに済むとか、お前は不死身かよ？」

「失礼ですね。あなたが私に、響君を護れと言ったのでしょう？」

「翔也は、とんでもない奴に目を付けられたもんだな……ご愁傷様だぜ」

俺は悪意に操られた翔也の肉体を、黒木に託して行ったんだった。

それにしても、翔也の過去を覗いてしまったせいだろうか。

翔也のことを名字で呼ぶ黒木に、チクリと胸が痛んだ。

「何を変な顔をしているのですか？」

「気にしないでくれ」

「まあ、いいですわ」

言い終えるなり、黒木は俺に向かって、何かを放り投げた。

「おっと、こりゃ何だよ」

「あなたにプレゼントですわ」

俺が手で受け止めた物を見やると、

「鍵？　これ、放送室の鍵なのか？」

「そうですわ。お探しだったのでしょう？」

「マジで助かるぜ。でも、何で俺がここに来るって分かったんだよ？」

伏し目がちに、黒木が語った。

「響君に会って、校内ジャックの話を耳にしたからです」

「お前、正気に戻った翔也に会ったのか？」

「なぜ、あなたがそんなに驚くのです？」

黒木が、訝しむ。

「いや、翔也とちゃんと話せたのかなってな」

「何ですの、その口ぶりは？　でも、あんなに優しい響君の声を聞けたのは、ずいぶん久しぶりな気がしました」

黒木は頬を赤らめ、乙女の顔になっていた。

「まあ、俺が翔也を殴っておいたから、あいつもそれで目が覚めたんじゃないか？」

「どういうことでしょうか？　なぜ、あなたが、彼に手を上げるのですか？　まさか呪いの影響で……？」

「呪いとかじゃないんだよ、悪いな……盗み見するつもりじゃなかったんだけど、お前たちの過去の映像を、あっちの世界で観ちまったんだ」

黒木は瞠目した。

「え、映像ですって!?」

珍しく声を上擦らせて黒木が動揺している。

「お前って、結構大胆なんだな……」

「きゃー！　あなたは、何を観てきたのですか!?」

黒木はどぎまぎして、その場にうずくまる。

「信じられません。翔也君との大切な思い出を、あなたなんかに覗かれたなんて……」

言っておきながら、黒木はハッとする。

「おい、気付いてるか？　お前今、翔也君って呼んでたぞ？」

突っ込んでやると、黒木は耳朶まで真っ赤に染めている。

「ええ、そうですね。ですが、なぜ翔也君の態度が変わったのか、察しがつきました。あなたが一枚噛んでいたというわけですか」

「翔也に発破をかけといた。余計なお世話だったか？」

「そうですね。でも、実にあなたらしいとも思いますわ」

「おい？　怒ってるのか、感謝してるのか、どっちなんだよ」

「ふんっ、両方ですわ」

黒木は挑発的に言い放つと、不遜に胸を反らした。

「まあ、気長にやってけよ。呪いなんかに頼らず、今度こそちゃんとあいつと心を通わせろ」

「そんな上手くいくのでしょうか。私たちは、手を伸ばせば届く距離にいながら、ずっとお互いを避け続けてきたのですよ？」

「翔也が逃げ出したら、またネクタイを引っ張ってやれ」

黒木がワナワナと唇を震わせて、大口を開ける。

「あなた、その件を今すぐ記憶から消し去りなさい!?」

黒木が両手で顔を覆った。

「まあ、でも、ありがとな。お前のおかげで、みんなを人間に戻せそうだ」

「ええ。無駄話はこの辺にして、早くお行きなさい」

俺は受け取った鍵を使って、放送室に入った。

「よし」

室内は機材のある部屋と、防音壁で囲われたブースに区切られていた。

「まずは、校内放送を切り替えないとな」

だが、ミキサーの使い方がいまいち分からない。

「どれがどこのスピーカーのスイッチなんだよ?」

グラウンドと書いたシールが貼られたレバーを上下してみる。だが、LやRの表記もあり、初見での操作は難解だ。

「くそっ。こんなことになるなら、ライブハウスで音響の扱い方を習っておくんだった」

俺は戸口を振り返って、そこに突っ立っている黒木に訊いた。

「おい、黒木! お前、このミキサーの使い方は分かるか?」

「生徒会でこちらのブースにお邪魔したことはありますが、機械に関しては放送部のみなさんにお任せしておりましたから、分かりかねます」

「まあ、そうだよな……」

　このまま放送を始めても構わないのだが、取りこぼしてしまう可能性がある。

　ここにいる全員を元に戻さないと意味がない。

「まずいな、時間がねえ」

　俺は、とりあえず電源をオンにする。

　すると、背後で黒木の声が聞こえた。

「あなたは何なんですの？」

「えっ？　どうした黒木？」

　振り返った俺は、体を強張らせた。

「えっ？　魔法少女？」

　現れたのは、魔法少女のコスプレをした女の子だった。

「小鳥遊くん、私にやらせてください」

　すぐに返事が出来なかった。

　魂の話とは言え、俺はこいつに刃物のステッキで腹を切り裂かれたりした。あの痛みが蘇り、俺は手で腹を押さえる。

「お前は、どうしてコスプレしてるんだよ？　他の奴らは制服だったはずだぞ？」

「三柴くんが、学校に衣装の予備を持ってきてくれていたので借りました。この正装に着替えて、気合を入れたかったので」

「気合って、お前……」

スタスタとお構いなしに岩崎は、こちらに近づいてくる。

「あちらではとんだ醜態を晒し、ご迷惑をお掛けしました」

岩崎は深々と頭を下げた。

「反省はしているようだな」

岩崎は頭を上げ、

「小鳥遊くんが、私を嫌うのはご尤もですし、許してもらおうなんて図々しいことは思ってません。でも、ここでお手伝いすることが、私のアンサーなんです。正すのは世界じゃなくて、私自身だって」

俺は、彼女の犯した罪を許せない。だが、秘密を晒された彼女は、もう十分に罰を受けたのではないか。それに、改心した彼女の顔は凛々しく、本当にテレビアニメの主人公のようだった。だから、あんなゲームでも、プレイした意味はちゃんとあったのだろう。

『小鳥遊くん、ボクは彼女を許すよ』

と、俺のスマホから、白雪舞輪が何か言っている。

「おい、そんな簡単に許していいのかよ？　自分が何をされたか覚えてないのか？」

『覚えてるさ。でもね、ボクは悪意の魂みたいに、みんなと争いたいわけじゃないのさ』

岩崎は泣きそうな顔になって、口を歪(ゆが)める。

「あなたに嫉妬して、あんな酷(ひど)いやり方で、あなたの曲を貶(おとし)めた私を、本当に許していいんですか?」

『うん、許すよ。だって、ボクたちは、サムネイルの世界で、争いからは何も生まれないことを学んだでしょ?』

「はい……魔法を失った私は、自分を責めながらぬいぐるみになりましたから……あの時、私はいかに愚かで惨めで、身勝手だったか思い知りました」

『うん、自分の罪を認められた君は偉いさ。《いいね》を押したくなったよ』

「庄條(しょうじょう)さん……」

『だからその代わり、みんなをちゃんと人間に戻してあげてね?』

「はい。お約束します」

答えた岩崎の目から、涙が伝う。

「もし生きていたのなら、私はあなたと友達になりたかったです……」

『ボクはもう友達だと思ってるさ』

白雪舞輪の言葉を聞いて、岩崎がガシガシと目元を手で拭った。

「急ぎましょう。小鳥遊くんは、ブースの方に移動してください」

白雪舞輪がこいつを許したなら、俺が岩崎を咎(とが)める理由はもう無いのだ。

俺は彼女を信じて、指示に従うことにする。

「岩崎（いわさき）、お前、本当にミキサーを扱えるのか？」

「私は配信だけじゃなくて、ラジオにも興味がありましたから。少しだけ、こういう機械を触らせてもらったことがあるんですよ」

「そうかよ。じゃあ、こっちの操作は任せたぜ」

俺はブースに入る前に、岩崎に問う。

「そういや、岩崎は、何で俺がここにいるって分かったんだ？」

「響（ひびき）くんに、この作戦の話を聞いたんです。それで応援を買って出ました」

「そうか、翔也（しょうや）と会えたんだな。それで今、何人が合流できたんだ？」

「それが……」

「えっ？　まだ誰か見つかっていないのか？」

「あのですね。庄條（しょうじょう）さんが、まだ……」

と、黒木（くろき）が、岩崎の肩を押さえる。

「澪（れい）様が見つからないですって？　嘘（うそ）じゃないんですの？」

「みんなが手分けして、彼女を探してくれてます。彼女を見捨てようって人は、私たちの中に誰もいません。見つかったら、体育館で集合する予定です」

俺は、岩崎の話を聞いて、はやる気持ちを落ち着かせる。

「分かった。庄條さんなら、心配ねえだろ。今はとにかく、みんなを元に戻すことに集中しよう」

黒木も渋々、引き下がった。

俺はブースに移動した。そして、机の上にあるマイクの前で、スマホを置く。

スタンバイすると、岩崎がこちらに指示を入れる。

「小鳥遊くん、カフを上げてください」

「えっと、カフってこれか」

「OKです。これで繋がりました。こちらのセッティングも完了してます。さあ、いつでもどうぞ」

岩崎に頷き、俺はマイクに声を通す。

「えっと、小鳥遊だ。みんな俺の声は聴こえてるか？　聴こえてたらすぐスマホに連絡をくれ」

すぐさま着信音が鳴り、翔也が『ぶちかませ』とだけメッセージを飛ばしてくれた。

「ちゃんと俺の声は届いているみたいだな」

みんなを人間に戻すことが、長かった俺たちのゲームのエンディングなのだ。

サムネイルの世界では、皆が秘密の漏洩を恐れ、銃を向け合った。あんなにギクシャクしていたクラスメイトたちが今は一致団結して、呪いの解除に全力を尽くしている。

俺は呪いによって、人間の醜さや恐ろしさを知った。だが、今はこんなにも頼もしい仲間たちがいる幸せを、噛み締めている。

「もう自分を、ぼっち呼ばわりする必要なんてなさそうだな」

すると、スマホからバックミュージックが流れる。

『小鳥遊くん、準備はいいかい？』

「勿論だぜ！　俺たち二人で、ぬいぐるみにされたみんなを目覚めさせてやろうじゃねえか！」

二人で会話をすると、サムネ世界でプレイしたラストゲームを思い出す。

俺とこいつが背中合わせで挑んだ音ゲー。俺たちは、見事に全ての音符を撃ち抜いた。

忽然と消えた時は、もう二度と会えないんじゃないかと思ったが、善意の魂はこうして俺のスマホに帰ってきてくれた。

だから、折り重なった二人の魂は、もう誰にだって引き裂けないだろうよ。

軽快なイントロが解き放たれると、善意のシャウトが、スピーカーを通して、この学校に響き渡っていく。

俺たちは見えないオーディエンスに向けて、声を張り上げる。

俺たちのロックアンセムが、みんなのパーティーを盛り上げるんだ。

歓声など返ってこない。放送室からは、みんなの顔だって見えやしない。だけど、分かる。

人間に戻ったみんなが、笑顔で拳を振り上げてくれる情景が、教室にも、廊下にも、グラウンドにも広がっていることだろう。

そうだ。呪いなんかに水を差されて、台無しになったハロウィンパーティーを、俺たちの歌で取り戻すんだ。

だから、みんな！　俺たちの『ロキ』で踊ってくれ！

このナンバーは、パーティーに打って付けの、最高のロックチューンだろ！

俺はガシリと机の縁を握り締める。

ここが正念場だ。俺たちの歌声で、みんなを救おうじゃねえか。

誰もが心に、他人に言えない秘密を抱えているんだろう。だけど、その密かな想いは、歌うことで伝えられるんじゃねえのか？

俺たちは、何のために歌うのか。俺たちがステージで歌う意味とは。

それはきっと自分の中に秘めたものを、曝け出すためだ。

抉るようなギターに乗せ、箱舟みたいなベースに身を任せ、ドラムに合わせて荒ぶる魂を打ち付ける。

そうやって俺は、いや俺たちは、自分の内にあるすべてを音楽に込めるのだ。そして、歌声に乗った感情の機微は、さながら銃弾のように、オーディエンスの心を撃ち抜く。

さあ、白雪舞輪（しらゆきまろん）。喉が千切れるくらいに、やってやろうぜ。

その透き通った声で、俺をもっと熱く滾（たぎ）らせてくれよ！


そして、再び俺たちの歌声は、シンクロする――

『「――死ぬんじゃねえぞ　お互いにな！」』


まだ歌い慣れない歌詞。やっと見つけた、庄條（しょうじょう）舞輪の気持ち。

すぐに応えてやることは出来なかったけど、俺は歌うことで返事をする。

薄っぺらいって言われてもいい。誰も撃ち抜けなかったっていい。

その失敗が糧となって、俺たちはまた歌を紡ぐ。

すべての痛みは財産だ。サムネイルの世界で得た経験は、俺たちを強くしたんだ。

だから、改めて約束するぜ。

俺は『ロキ』を、庄條舞輪の分まで歌い継ぐってな！

アウトロが響く頃には、俺の心は満たされていた。

白雪舞輪(しらゆきまろん)とのデュエットは、俺の体が焼き切れそうなくらいの熱を運んでくる。

これをバンドサウンドで演奏したら、どんなに気持ちがいいのだろうか。

想像しただけでも、興奮が止まらない。

スプライツの卒業ライブでは、必ずこの真の『ロキ』を歌ってやる。

と、考えていたら、翔也(しょうや)が放送室に入ってきた。

「六樹(むつき)！　やったぞ、成功だ！　みんな人間に戻ったぜ！」

朗報が届き、その場にいたみんなが笑顔になった。

日付は変わってしまったけれど、今宵(こよい)は楽しいパーティーなのだ。

奇抜な仮装をしてお菓子を配り合い、大音量の音楽に体を揺らす。

もうすぐ夜は明けてしまうが、俺たちに残されたほんの僅かな夜を、みんな楽しんでくれただろうか？　校内が、そんな雰囲気になっていれば良いよな。

みんなの笑顔を想像しながら俺は、自分の手でスマホを持ち上げ、

「良い歌声だったぜ」

『小鳥遊(たかなし)くんこそ』

魂になった一人の少女と、画面越しに拳を突き合わせるのであった。

かつて悪意の魂と庄條澪(しょうじょうれい)が、鏡越しにお互いの手を取り合ったように——

※

俺たちは、放送室から体育館に歩いて移動する。

ぬいぐるみから人間に戻った生徒と教員を、律人が誘導してくれているらしい。

俺は翔也と並び歩き、黒木と岩崎はその少し後ろにいた。まだ翔也たちの、ぎこちない様子が仕草からビンビン伝わってくる。仲介してやりたい気持ちもあったのだが。

俺はどうも、庄條さんの行方が気になって落ち着かないのだ。

「なあ、翔也？　庄條さんが見つかっていないって言うのは、本当か？」

「えっ？　ああ、そうなんだよ……ごめんな、結構探したんだけど」

申し訳なさそうに顔を俯ける。

「まさか、あいつの魂は、あっちに置き去りになっているのか……」

だが、スマホの中の白雪舞輪が、

『それはないと思うよ。どこにも姉さんの気配を感じないから』

「そうなのか？　じゃあ、庄條さんは一体どこに消えたんだよ？」

俺はまた彼女が目の前から居なくなるんじゃないかと思って、不安になってきた。

ふと、翔也が、

「あっ……一つだけ探していないところがあった」

「おい、それはどこだよ？」

「屋上だ」

俺は居てもたってもいられなかった。

「俺、やっぱり庄條さんを探してくる」

「おい、六樹？　みんな、お前が顔を出すのを待ってるんだぞ？」

「ごめん！　もうちょっとだけ待ってもらっておいてくれ！」

そうして俺は、一目散に屋上へと駆け上がった。

「はあはあ……嘘だろ、居ないぞ」

無情にも、彼女の姿はそこになかった。

俺は屋上のフェンスに寄り掛かり、途方に暮れる。

「何なんだよ、マジで……これじゃあ、こっちに帰ってきた意味がねえだろ」

俺は心の中に、自分のパスコードを思い浮かべていた。

知らず知らずのうちに、俺にとって彼女は、大切な存在になっていたのだ。

俺は庄條澪に、もうどこにも行って欲しくない。俺の隣に帰ってきてくれよ。

「ダメだ、もう夜が明ける……」

校舎の屋上に差し込む朝日は、立ち眩みを起こす程だった。

　すると、俺は、奇怪な音を耳にした。

　――パン。

　なぜ、また銃声が響くんだよ？

「おいおい、呪いはさっき『ロキ』を歌って解決しただろ？」

　俺は周囲を見回す。

　すると、給水塔の梯子(はしご)で、ヒラリと黒いマントが翻った。そして、トンと舞い降りたその人影を見て俺は言葉を失う。

「庄條さんなのか？」

　そいつはうちの制服を着て、スカートを穿(は)いている。頭に被(かぶ)っているのは、昨晩庄條さんが被っていたパンプキン頭だ。

　床に放り投げたせいで、泣き顔になってしまったから、見間違えるはずはない。

「まさか庄條さんは、まだ傀儡(かいらい)のままなのかよ？」

　俺は後ずさる。にじり寄るパンプキン。

　リアルに帰還した俺は、丸腰なんだ。どうしろというのだ。

　そいつは、俺に銃を向けた。

「庄條さん、落ち着いてくれ」

　俺は瞳を潤ませて、

「何で庄條さんの魂だけが戻ってこないんだよ！」

だが、俺の叫びは届かない。

パンプキンは、俺の胸に銃口を突き付けた。

「ちくしょう、何でだよ……」

俺は、不条理なこの現実を呪った。

「庄條さんが居てくれないと、俺がリアルに戻った意味がないだろ！」

溢れそうになる涙を堪えながら、向けられた銃を掴んだ。

と、その時だ。

「――トリック・オア・トリート？」

目の前のパンプキンは、確かにそう言ったのだ。

そして、手で被り物を取ると、

「クックックッ、眷属がお菓子をくれないから、悪戯をしちゃったぞ？」

俺は素っ頓狂な声を上げる。

「へっ？　庄條さん、なのか……？　本物だよな？」

「クックックッ、偽物の方が良かったか？」

俺はかぶりを振る。

「いや、安心したっていうか、拍子抜けっていうか……」

だが、腑に落ちないことは、まだあった。

「その庄條さんの持ってる銃は、何だよ？」

「これか？　これは、生徒会が用意していたオモチャだよ」

触らせてもらうと、それはとても軽かった。

引き金を引いても、カチカチと空虚な音が鳴るだけで、俺たちがデスゲームで使用したものとは、指への負荷がまるで違った。

「嘘じゃないみたいだな……でもじゃあ、さっきの銃声は何だったんだ？」

庄條さんは、スマホをこちらに掲げる。

「えっ？　マジで？　さっきのは、これの音だったわけか？」

そこには映画の銃撃シーンの動画が映っていた。

庄條さんが、悪ガキのような顔で微笑む。

「何だよ、くそっ……すっかり騙されたぜ」

と、屋上の出入り口から、笑い声が聞こえた。

見やると、サムネイルの世界から帰還したクラスメイトたちが、俺を見て笑っていた。

「おい、何で翔也がここにいるんだよ？　これは、どういうことか説明しろ」

翔也は腹を押さえながら、律人にもたれ掛かる。先に律人が答えた。

「僕は反対したんだけどね、他のみんなが乗り気で」

「いやあ、笑いを堪えるのがキツかったぜ。庄條さんはとっくに見つかってたんだけどさ、六樹に悪戯したいって言い出したんだよ」

「はあ？　この悪戯は、庄條さんの発案なのか？」

俺は庄條さんを、薄目で睨みつける。

「じゃあ、放送室での岩崎と黒木のやり取りも演技だったのか？」

岩崎は、盛大に肩を揺らしている。黒木は素知らぬ顔をしていた。

「はい。騙してごめんなさい……でも、人狼ゲームの時よりは、うまく欺けましたよね？」

くそ、どっちも主演女優ばりの名演技だったぞ。マジで気付かなかったぜ……。

そんな岩崎の傍らには、にやつく大森の姿もあった。

「ダッサ」

「ほっとけ」

そして三柴は、オロオロと俺を見つめ、

「俺っちは、小鳥遊君が可哀相だって言ってたんだよ？」

俺は天を仰いで、

「ああ、もう何でもいいよ……お前たちには、がっつりハメられたぜ！」

「クックックッ、サムネイルの世界で言ったではないか。いつか我が、君の秘密を吐かせてやると」

「そう言えば、ぬいぐるみになった時に、そんなことを言ってたような」

と、庄條さんは出し抜けに、包帯の巻かれた手で俺の髪を撫でた。

「何をするんだよ!?」

「クックックッ、眷属は我が居ないと、リアルに戻った意味がないのだろ？　良かったな。我はちゃんとここにいるぞ」

俺はこっ恥ずかしくて、庄條さんの顔をまともに見られなかった。

「ああ、本当に良かったよ……」

あーあ。俺の秘密は、彼女に半分バレているようなものなんだろうな。

だが、彼女はそれ以上、踏み込んでは来なかった。だから、俺も茶を濁すとする。

すると、スマホの白雪舞輪が、

『まったく世話の焼ける二人だね』

と、肩をすくめる。

「白雪には悪いけど、もうちょっと時間をくれ……」

こうして騒々しかった呪いのハロウィンパーティーは、ようやく幕を閉じたのであった。

※

ハロウィンパーティーから数日後のある日の昼休み。

俺は生徒会室に呼び出されて、副会長の牧田詩織と黒木真琴から事情聴取を受けていた。

ソファに座らされ、机の上にスマホスタンドを置き、白雪舞輪も参加中だ。

今回の呪いの顛末について、あれこれ議論を行っているのだ。

「信じ難い話ですね。あなたのスマホに、サムネイルの世界が複製されていたなんて」

牧田が、眉をひそめる。

「俺だって未だに信じられねえよ」

だが、今回は呪いが解けても、白雪舞輪が消滅することは無かった。

「この子も、あなたのスマホに残ったままですしね」

黒木が不思議そうに、俺のスマホを指でパチンと弾く。

「愛のなせる業ということなんでしょうか」

白雪舞輪が汗を飛ばしながら、

『真琴、からかわないでよ！』

と、不服そうな顔をしている。

俺は黒木に問う。

「お前こそ、翔也とはどうなんだよ？」

「特に話せるような進展はありませんわ」

「せっかく学校に復帰したんだ。もっと積極的に絡んでいけばいいだろ」

「今更急いてどうなるものでもありません。それより、あなたこそ、澪様が復帰せずに残念でしたわね」

「余計なお世話だ……」

あれから庄條さんが、この学校に戻ってくることはなかった。だが、ちゃんと連絡は取り合っている。もう彼女が行方をくらます心配もないだろう。

俺は話題を逸らそうと、牧田に話を振った。

「それで、本当にお前たちは、ぬいぐるみになっていた時の記憶が無いんだな?」

「はい、さっぱり抜け落ちていますね。おかげで他の生徒のみなさんに、呪いの存在に感づかれずに済みましたけど」

「でも、お前たちや、サムネイルの世界に行った連中には、しっかり呪いの記憶が残っているんだよな」

QRコードを受け取った者、そして【青春傍観信仰】の信者については、『ロキ』や庄條さんに関する記憶が、あやふやになることは無かった。

そういうわけで今回の呪いは、前回と異なる結果を見せている。

律人や翔也も、ばっちり呪いのことを覚えていたんだからな。

「呪いもウイルスのように、少しずつ変異して行っているのかもしれませんね」

と、牧田がソファに深く腰を沈めた。

「だとしたら、サムネイルの野郎の仕業だろう。あの神様は、俺たちを遊び道具としてしか見てねえんだよ。騒動を面白くするために、呪いを改良してたっておかしくねえよ」

「まあ、私もあなたと同意見です。呪いは、まだ終わらないのでしょうね」

黒木は短い嘆息を挟み、

「知らずに関わっていた相手が、まさか神様だったなんて、信じられませんわ」

牧田が、続ける。

「悪戯好きの神様【ＲＯＫＩ】ですか。まったく、どうやって対処すればいいものやら……」

呪いがこれで終わるとも思えない。だから、俺たちは今後も継続的に、議論の場を設けるつもりだ。

「じゃあ、今日の報告はこれくらいだ。また何かあったら連絡をくれ」

そう言い残して、俺は席を立ったのであった。

教室に戻った俺は自席に座って、頬杖をついていた。

クラスメイトの記憶から消えていた庄條舞輪の席には、ちゃんと花が飾られていた。それを見て俺は、安堵するのであった。

俺はスマホに話し掛ける。

「なあ？　白雪は、どうやったら消えるんだ？」

『さあね。小鳥遊くんは、ボクに消えて欲しいのかい？』

「そういうわけじゃないんだけどな。気になることがあって」

『気になること？』

「善意が存在するってことは、悪意もきっと消えていないってことだよな？」

『どうだろうね。こればっかりはボクにも分からないよ。でも、その可能性が高いとは思うよ。なぜなら――』

「――人の悪意には、終わりがないから」

俺たちは後に続ける言葉が見つからず、見つめ合いながら口を噤んでしまう。

だが、あの暗い世界で、悪意の化身であるはずのオルゴールは確かに言ったのだ。

人間の善意だって終わらない。その言葉は、俺の胸に染み渡っていった。

すると、一人の女子が、空いていた俺の前の席に腰を掛けた。

「ねえ、どこ行ってたのよ？　もう昼休み終わっちゃうじゃん」

「いや、何で大森に断って行かなきゃいけねえんだよ」

「私はあんたに用事があったのよ。探したんだからね、もう」

「はあ？　俺に用事？」

ふてくされながら大森は、何やら布に包まれた箱を、俺の机に置いた。

「えっ？　何だよ、これ？」

「開けてみなさいよ」

俺は結ばれていた布を解いた。中には、楕円の箱が入っていた。

俺は、パカと蓋を開けた。中身は、どうやら手作り弁当のようだった。

「これ、お前が作ったのか？」

「そうよ。一緒に食べようと思って待ってたの。お昼まだなんでしょ？」

「ああ、そうなんだけど……いいのか？」

いきなり大森が俺に手作り料理を振る舞うとか、どういう風の吹き回しだろうか。

大森は人差し指で、コメカミをつつき、

「ちゃんと覚えてたから。あっちの世界で、あんたに訊いたこと」

「あー、そういや好きな食べ物を訊かれたな。あの時、俺は何て答えたんだっけ？」

大森は、箸で卵焼きを摘まんで持ち上げる。

「呆れた。忘れたの？　これよ、これ！」

「ああ、そうだったな。って、お前、何してるんだよ？」

大森は、箸先を俺の口に近づけた。

「いいから、口を開けなさいよ」

「いや、何で食べさせようとしてるんだよ⁉」

クラスメイトの衆目が、俺たちに注がれている。

見やれば。隣の岩崎も、顔を本で覆いながら気まずそうにこちらを覗いていた。

「まずいぞ、みんなに冷やかされるって」

「いいわよ、別に。私はもう人の目なんて気にしないって決めたの。私のやりたいようにやるだけ。だから、あーん」

観念した俺は、強制的に卵焼きを口にねじ込まれた。

俺は、モグモグと咀嚼する。

「くそっ……美味いじゃないか」

リクエストした通り、きちんと醤油で味付けされていた。

本当に、何がどうなってるんだ？

「で、感想は？」

「だから、美味いって」

「ううん、お弁当の感想じゃないよ？」

大森は自嘲する。

その反応を見て、一つだけ思い当たる節があった。

「ああ、パスコードの話かよ？」

「そうよ。観たんでしょ？　私の秘密」

「ああ、ちゃんと最後まで見届けたぜ」

あれは、目を覆いたくなるような、胸糞の悪い内容だった。

「どうだったかな？」

「そうだな。俺は、お前のことを誤解していた」

「人狼ゲームは、みんなに裏切られて本気で悲しかったな」

俺は、罪悪感が込み上げる。

「あの時は俺たちも必死で、色々と申し訳なかったな……」

「まあ、仕方ないよ……最近の私が調子に乗っていたのは、事実だから」

俺は取り繕ったりせず、しっかりと応えてやる。

「そうだな。お前の人の弱みに付け込むやり口は、どうかと思うぞ」

大森が、ギュッと太ももで拳を握った。

「うん……肝に銘じておく」

「でも、俺の目も節穴だったんだよな」

「えっ？　どういうこと？」

「俺たちは、お前のことを、ちゃんと理解できていなかった」

本来のこいつは、折れずに努力できる人間のはずなのだ。

だから、きっと心を入れ替えてやり直せば、今度こそ大丈夫だろ。

「いつかお前は、たくさんの人に囲まれるような人間になれる。だから、凹んでんじゃねえよ。昔みたいに前を見て頑張れ。今日の弁当、美味かったぜ。サンキュ」

俺が礼を言うと、大森はハッとしたような顔になった。

「ははは、なにそれ……めっちゃ上から目線じゃん」

「あー、悪い。説教臭かったか？　俺の悪い癖でな」

「ううん、ありがとう。そっか、そうだね。いつから私は、頑張ることをやめてたんだろうね？」

大森は、「うーん」と、大きく伸びをする。

「さてと。じゃあ、今度ライブする時、教えてよ。絶対観に行くから」

「えっ？　お前、バンドとか興味あるのかよ？」

「私、あんたのファンになったみたい」

「はあ？　いきなりファンって言われてもな。そもそもお前に、俺たちの演奏を見せたことなんてあったっけ？」

「まあ、歌ってなくてもカッコいいと思うけどね……」

と、大森は照れ笑いを浮かべる。そして、立ち上がって、

「ねえ、岩崎さん？」

隣の岩崎の名前を呼んだ。

「えっ？　どうかしましたか？」

虚を衝（つ）かれた岩崎は、本を閉じて狼狽（ろうばい）している。

「今度さ、私に配信のやり方を教えてよ？」

「えっ……大森さん、配信したいんですか？」

「まあね。何か私も自己承認欲求って言うの？　誰かさんの《いいね》が欲しくなっちゃったから。なんだったら、一緒に配信やる？」

「一緒にですか……？　私は構いませんけど、大森さんはいいんですか？」

「何で？」

「てっきり私は、大森さんに嫌われているのかと……」

「何でよ、そんなことないって？　あんな変な世界で、汗を流した仲じゃん」

岩崎は眦（まなじり）に涙を溜（た）めて、

「それなら、是非やりましょう」

俺たちは、たくさん傷つけ合った。だからこそ、お互いのすべてを曝（さら）け出すことができた。

改心したこの二人は、案外親友になったりするのかもしれない。

と、大森は大声で三柴（みしば）を呼んだ。

「ねえ、三柴？」

「えっ？　俺っち？」

　突然話題を振られて、三柴は立ち上がった。

「あんた、岩崎さんだけじゃなくて、私にも課金しなさいよね？」

「大森さん、声が大きいよ！　みんなに変に思われるだろ？」

「いいから、私も推せ！」

「分かったよ！　分かったから、静かにしてよ！」

　呪いは悪いことばかりじゃなかったのかもしれない。呪われることで、こうして新たに戦友ができたのだから。

　と、俺がクラスメイトのやり取りを微笑ましく見ていると、翔也が近づいてきた。

「みんな、仲良くなって、結果的に良かったのかもな」

「ああ、そうかもな」

「ところで、六樹？」

「うん？　なんだよ？」

「さっきの大森さんのあーんを動画に撮って、庄條さんに送っておいたから」

「はあ!?」

　確認すると、俺のスマホにメッセージが届いていた。

『クックックッ、眷属よ。鼻の下が伸びておるぞ』

白雪舞輪が、何やら言いにくそうに口をモゴモゴさせてから、切り出した。

『ああ、これはきっと怒っている時の姉さんだね』

「マジかよ！　こんな動画を観られて、何て弁解すりゃいいんだよ！」

善意の魂の秘密を暴き、新たな呪いは完結した。

だが、サムネイルの世界から俺たちを覗く神様は、今もきっとあの不気味な笑みを俺たちに向けていることだろう。

俺たちのほんの些細な綻びからでも、あの呪いは生まれてしまうんだからな。

「――ロキロキロックンロール」

俺はスマホとにらめっこしながら、その不思議な言葉を呟いてみた。

しかし、画面にQRコードはもう現れない。

「まあ、そりゃ何も起こらないよな」

俺が安堵すると、白雪舞輪が、からかってくる。

『あれ？　君は今、誰を呪ったのかな？』

俺は指で銃を作って、隣の翔也に向けてやった。

「さっき余計な動画を送った翔也を呪ったんだよ」

翔也は顔を引き攣らせて、

「悪かったよ！　だから、呪いはもう勘弁してくれって！」

「いや、俺だって呪いはもうたくさんだよ」

今日も悪意は、どこかで拡散されているかもしれない。

人間は善意だけで生きられない存在だからだ。

自分にも、ふと隣に居る奴（やつ）を呪いたくなる日だってあるだろう。

そんな妬みや恨みに染まった人間の魂は、とても不思議な世界に転移させられるんだぜ。

そこではお調子者のぬいぐるみが、いつでも来客を歓迎してくれるらしい。

だが、騙（だま）されてはいけない。そいつの口車に乗れば、理不尽なゲームの数々をプレイするハメになることだろう。

だから、嫌なことがあっても、安易に人を呪わないことだな。

人を呪えば、憎たらしいウサギのぬいぐるみが、また俺の耳元でこう囁（ささや）くに決まっている。


――ＷＥＬＣＯＭＥ　ＴＯ　ＴＨＥ　ＣＵＲＳＥＤ　ＷＯＲＬＤ！


呪いの世界へようこそ。

あのサムネイルの世界は、きっと今日も誰かの悪意が届くのを待っているのだろう。

エピローグ

その部屋の住人は、とある一人の女の子だ。だが、四畳ほどの空間にはベッドすら無く、洋服や化粧品と言った生活用品だって見当たらなかった。

代わりにあるものといえば、ラックに数えきれないくらい並んでいるＣＤやレコードだ。床はスタンドに立て掛けられた楽器や、アンプなどの機材でぎっしりと埋め尽くされ、足の踏み場もない程であった。

そんな生活感の欠片(かけら)も見られない部屋で、明かりもつけずに少女は、机の上に置かれたＰＣと向かい合っている。

そして、ゲーミングチェアの上であぐらをかき、太ももに四本の弦が張られたボディを置いていた。それはいわゆる、ベースと呼ばれる楽器である。

「ふんふんふんふふふんふんふん♪」

ヘッドフォンを耳に当て、ご機嫌に鼻歌を口ずさむ彼女は、指で弦を震わせる。小気味よく爪弾くのは、実に楽しげな旋律だ。

ＰＣでは、ある動画が流れていた。その青みがかった映像の中では、とある少年がギターを掻(か)き鳴らしている。彼の顔に張り付いたターゲットマークの紙の異様さには、誰もが震え上がるはずなのだが、その少女は、まったく気にならないらしい。

むしろ、彼女は、その動画の中の彼と、デュエットしているかのようにさえ見えた。

ふと、彼女は、画面の中の少年に語り掛ける。

「ねえねえ、【ＲＯＫＩ】ちゃん？　もっと面白い話を聞かせてよ？」

だが、ギターを弾く少年は、返事をする素振りを見せなかった。

「へえ、そんなこともあったんだね。喋るぬいぐるみかぁ、会ってみたかったな～」

しかし、どういうわけか彼女は、その寡黙に演奏をする少年と語らっている。

方法は到底理解できないが、二人の間で会話は成立しているようなのだ。

「そうだ、【ＲＯＫＩ】ちゃん？　次の呪いはさ、アタシにプロデュースさせてよ？」

すると、少年の口角が上がった。

「そうだなあ、どんな仕掛けがいいかな～」

興奮気味の少女は、凄まじい速度で弦を指で弾いていく。ベースの低音による速弾きは、
迫りくる恐怖を煽るかのように、目まぐるしく移ろう。

そして彼女は、その軽快なメロディを口ずさむ。

「ふんふんふんふふふんふんふん♪」

彼女の声に呼応するように、ＰＣのディスプレイには、不穏な影が忍び寄っていた。

と、突然に少年の姿が画面から消えたのであった。程なくして液晶画面は、砂嵐に覆わ

れていく。

「あれ？　【ＲＯＫＩ】ちゃん？」

少女にも、彼が消えた理由は、知らされていなかったようだ。

だが、砂嵐が落ち着き始めると、画面に奇妙なシルエットが浮かんでいく。

新たに現れたのは、先程の少年とは別の男の子だった。男の子は、腰の辺りにギターを構えており、顔はターゲットマークの張り紙で覆われている。

どこか見覚えのある気もする彼だが、素顔が見えない以上は、どこの誰だか定かではない。

と、ベースを弾いていた少女が演奏をやめるや、画面に現れた男の子を食い入るように覗き込んだ。

「よし、決めたよ！　じゃあ、次の呪いはね――」

意気揚々と少女の唇が動く。何と言ったかは分からなかった。

そして、少女は、にやりと笑みを湛えた。彼女の双眸に宿っているものは、おそらく怨嗟や憎しみといった感情ではない。きっとその正体は、純粋なる好奇心だ。

だが、驚くことに、誰も憎んでいないはずの彼女が、あの絶望の言葉を口にしたのだ。

「――ロキロキロックンロール！」

その少女が拡散しようとしているものは、はたして悪意なのか。

それは、まだ誰も知らない。

あとがき

人気曲『ロキ』のノベライズ第三弾、お楽しみいただけましたでしょうか。
二巻と三巻は、打ち合わせの時点から、二巻構成の物語にすることは決まっておりました。ぶっ続けで執筆したので、実は三巻は真冬に書き終わっていたのです。だから、このあとがきを書いている時点では、ずいぶん昔に書いた懐かしい作品みたいになっておりまして。いやー、久しぶりに読み返したら、三巻面白かったな（笑）
そんな怒涛のスケジュールで執筆したのは、皆様のお手元に、一日でも早く本作をお届けしたかったからです。まあ、二巻の発売が早すぎて出ているのに気付かなかったという声もお見掛けしましたので、頑張ったことが良かったのか悪かったのか（笑）
思い返せば、私のデビュー作はシリーズ二冊しか出せなかったので、この『ロキ』の連載が、私にとって最長記録となりました。これもご購入いただいた皆様のおかげです。本当にありがとうございます。この後も更に記録を更新できるように頑張っていきますので、是非この物語を最後まで見届けてやってください。引きで終わらせちゃったし、四巻も出したいです。
さて、三巻の内容についても触れておきましょう。皆様、情報過多でパニックになったのではないでしょうか。本作は、一巻の時点では書き切れない裏設定が多数あり、それらの設定は、この『ロキ』の核となるエピソードばかりだったので、三巻で出し惜しみなく描いちゃいました。胸やけするくらいの伏線回収が多々あったかと思います。面白かったですか？

その分、きっと皆様に、黒木真琴（くろきまこと）やスプライツ、そして庄條（しょうじょう）姉妹のことを、もっと好きになってもらえたはずです。物語のスケールも、どんどん壮大になってきましたので、完結までしっかり描き切りたいですね。本作を完結させるために、どうぞ皆様のお力をお貸しください！　是非、友達にPRしてね！

ちなみに小説版『ロキ』には、みきとP様の過去の作品の要素もふんだんに取り入れております が、みきとP様の楽曲縛りで作品を構成するように心掛けております。いわば、トリビュートアルバム的な感じでしょうか。三巻でも色々と、『ロキ』以外の要素もちりばめてありますが、皆様はいくつ気がつきましたか？

そういった隠し要素を見つける楽しみもあると思いますので、何回も読み返してくだされば作者的にも本望でございます。ＧＡＳ様の描く表紙にも、面白い仕掛けがあるかも？

では、今回も、恒例となったあの言葉で締めましょう。

――ロキロキロックンロール！

総夜（そうや）ムカイ

MF文庫J

ロキ3
THE CURSED SONG

2023年 7月 25日 初版発行
2024年 9月 10日 7版発行

著者	総夜ムカイ
原作・監修	みきとP
発行者	山下直久
発行	株式会社 KADOKAWA 〒102-8177 東京都千代田区富士見 2-13-3 0570-002-301（ナビダイヤル）
印刷	株式会社 KADOKAWA
製本	株式会社 KADOKAWA

Printed in Japan ISBN 978-4-04-682662-6 C0193

●お問い合わせ
https://www.kadokawa.co.jp/（「お問い合わせ」へお進みください）
※内容によっては、お答えできない場合があります。
※サポートは日本国内のみとさせていただきます。
※Japanese text only
NexTone PB000053886号
◆◇◇

【 ファンレター、作品のご感想をお待ちしています 】
〒102-0071 東京都千代田区富士見2-13-12 株式会社KADOKAWA MF文庫J編集部気付
「総夜ムカイ先生」係「みきとP先生」係「GAS先生」係